grinder manuskripte

Saurier Romantik und Comic-Tafelbilder
"14 x 14"
zum drittenmal in Baden-Baden

aus vergilbten seiten eines FAZ feuilletons
02.06.1970 (Nr. 131)

"Jürgen Rahn, geboren 1943, nahm dagegen die Phantasie des Betrachters und sein Empfinden für Assoziationen ungleich mehr in Anspruch. Da stehen übermannshohe Steinmähler, aus zerrissenem Zeitungspapier zusammengeklebt auf Erdkrumen. Auf hohen wippenden Bambusstäben stecken schwarze Fledermausflügel. Gezackte Rückenkämme, wie man sie an Tatzelwürmern und Drachenleibern vermutet, winden sich, aus Stäben und Leinwand zusammengefügt, durch die Räume. An der Wand deuten Photos von Kap Kennedy, Comic-Streifen, im Winde sich schlängelnde Tuchbänder an, woran sich Rahns Formimagination noch entzünden kann außer an Vampir- und Saurier-Romantik."

Anmerkung des herausgebers

Bis auf einige weitere öffentliche aktivitäten gleichen zeitraums, verlieren sich bald jegliche spuren kunstproduktiver tätigkeit, und der autor, darauf angesprochen, bekräftigte dies als reinen gewinn an freiheit, den raum der nachdenklichkeit ins selbst bestimmbare erweitert zu haben.

Ich zitiere den autor:
"Eine aus meinem studium der freien malerei resultierende erfahrung, (die jahre 1967 - 1972), auch heute wieder bestätigt, ist die an ein künstlerisches werk öffentlich herangetragene erwartung, es müsse klar erkennbar vom bekenntnis des künstlers, seiner parteinahme in gesellschaftlichen politischen konflikten getragen sein.
In der literarischen tätigkeit eröffnen sich dem autor deutlich weniger gemaßregelte, freie formen fiktionalen schreibens, gegenwärtiges zwar auf unerwartete weise einbeziehen zu können, augenzwinkernd, wie in der fabel, einer fragwürdigen sehnsucht des menschen, nach identitärer eindeutigkeit im tun und lassen, den spiegel vorzuhalten."

grinder manuskripte

jürgen rahn

impressum

text und abbildungen jürgen rahn
je reste Charlie

Umschlag:

Titelbild "am rand des pilzwaldes"
getuschte malerei auf wenzhou papier

Rückseitiger buchdeckel,
der chinesische stempel wurde von Wang Ning geschnitzt,
in seinen worten: "Der Brunnenfrosch betrachtet die Wolke"

Ungerecht wenn der besen
fliegend die erde umrundet
und zeichenlos schriftet
putzlappige grüße aus dem all

Mónica Lista

winged bookshelves
carrying the painter
to the shores of free thought
out of reach
from the world's pressure
for submission
enjoy a cup of tea

Alles andere als beneidenswert, die lage des autors, mit der auswahl der texte erwartungen des verwöhnten lesers mit dem unzuverlässigen schreiben zu versöhnen, auf den flügeln weit gespannter neugier von aller unrast befreit.

"Haltet ein, habt nachsicht", rief er, nicht aus verlegenheit um passendere worte, vielmehr darüber, wie lautstark die in der redaktion des verlags versammelten protagonisten seines werkes, ihn ihre ungeduld spüren ließen, fühlten sich hingehalten, nun endlich den lesern vorgestellt zu werden.

Uncle Jules saß neben Lucy Haven, der patentanwalt war mit dem *kappenmann* gekommen, der psychiater und sein patient Alex waren über ihre android-*displays* in ein online-spiel vertieft, mehrere parkwächter, sie wirkten uneins darüber, ob sie eigentlich nur eine person wären, eine best aussehende androidin hatte sich eingefunden, nur der, von seiner reisen scheinbar gebeutelte Argo, war in einem sessel eingeschlafen.
Der autor versuchte es erneut.
"Bitte hört mir nur einmal zu, ihr kommt alle zu eurem recht, lasse niemanden im regen stehen, keine und keiner wird benachteiligt, mein autorenwort."

Erwartungsvolle stille kehrte ein, selbst die beiden spieler blickten auf.
"Das beste, so scheint mir, ich beginne mit einer episode in der keiner von euch einen auftritt hat, allen gemütern zeit genug, den eifer wieder auf das gemeinsame zu richten, das vergnügen des lesers."
Jemand murrte kleinlaut, "aufschieb ist ein tagedieb ..."

"Erlaubt der autorenvertrag denn ein solches?"
Ob der anwalt für alle sprach war nicht auszumachen, kein einwand des herausgebers, doch dem autor lag durchaus an einer klarstellung.
"Der autorenvertrag? Die künstlerische freiheit berührt er nicht, also kurzerhand, dem umworbenen und geschätzten leser sowie uns allen zur einstimmung, der prolog vor eurem auftritt dürfte auch unter dem wehrhaften schutz der Athene hiermit abgesegnet und besiegelt sein."

einst auf einem kleinen planeten I

Die großen zeiten der saurier waren längst geschichte, und auf dem kleinen planeten hatte die vielfalt des lebens nach und nach wieder die oberhand gewonnen.
Über einer afrikanischen savanne zog die morgensonne auf. Missmutig stapft ein massiger brontosaurier durch das ihm viel zu trockene gras. Er wusste noch vage, dass mit der glorreichen herrschaft seiner spezies was schief gelaufen war. Der traum vom verlorenen paradies ist ihm geblieben, einem herrlichen, leichten leben in den sümpfen.
Der bronto nähert sich den bäumen am rand eines dichten waldes. Sein kleiner kopf fährt auf dem langen hals bis in die höhen der baumkronen. Die bewohner hatten längst die flucht ergriffen. Vom frischen laub zu naschen ist offensichtlich nicht das interesse des bronto, er sucht wohl etwas anderes und äugt vorsichtig hierhin und dorthin.

Ein alter silbrighaariger affe war auf seiner hohen astgabel in aller ruhe sitzen geblieben. Warum sollte er einen friedlichen pflanzenfresser fürchten? Nur scheint sich dieser ausgerechnet für ihn zu interessieren, denn der kopf des bronto verharrt vor ihm in einem respektablen abstand, als wollte er vermeiden, seinem affigen gegenüber angst einzujagen, die ja dessen stammesgenossen sofort in die flucht getrieben hatte.

"Es heißt, ihr habt sehr geschickte hände", spricht ihn das riesentier überraschend an.

"Wie man's sieht, intelligenz braucht hände, da dürfte was dran sein", erwidert der affe.
Sein gegenüber nahm die bemerkung nicht persönlich, überhört das und verfolgt weiter sein anliegen,
"ihr könnt sogar bananen schälen."

"Das ist eine bananenleichte übung", meint der alte, "selbst die kleinsten meiner sippe beherrschen das schon im nu."

Der bronto zur besseren darlegung seines dilemmas, hebt schwerfällig eines seiner baumstammdicken vorderbeine in die höhe, soweit es ihm gelingt und sagt,
"da hat sich ein dorn in meinen fuß gebohrt. Kannst du mir den herausziehen?"
"Wenn's mehr nicht ist", und bereitwillig klettert der alte nach unten, besieht sich die wunde näher und zieht den dorn aus dem angehobenen fuß heraus.

Kaum geschehen, stöhnt der saurier erleichtert auf, voller wonne über die geglückte operation, während sein freundlicher helfer wieder hinaufsteigt, bis zur höhe seiner angestammten astgabel.
Die augen des bronto blicken ihn anerkennend und voller dankbarkeit an.
"Wir letzten saurier sind in der heutigen welt zum paria geworden und doch hast du mir geholfen. Dafür danke ich dir."

"Schon gut", sagt der silbrighaarige,
"jede herrschaft geht mal zu ende. Und doch werden viele, unvorstellbar schlimmere kommen."
"Woher weißt du das?"
"Ich hab's in den genen."
"Was ist das schon wieder?"
"Nenne das intuition. Eine ahnung, dass ein nächstes mal ausgerechnet nachfahren meiner art der übermut zu kopf steigen könnte. Wir beide werden das nicht verhindern."

"Warum nur, bezüglich meiner spezies trage tief in mir ein schuldgefühl, ein fluch auf uns sauriern? Deine ahnungen weisen wohl auf anderes. Wenn also nicht nur die saurier an allem schuld sind, gäbe mir das wenigstens etwas frieden."

"Das tut uns doch allen not. Unsere begegnung erweckt auch mir hoffnungen. Denke ich nur an meine vorhin geflüchteten artgenossen, vielleicht ist es ein anderes mal der unverstand der menge, der rudel und schwärme, was in künftigen zeiten den niedergang heraufbeschwören könnte."

"Sieh' mich an, vielleicht liegt es daran, der magen ist dem herzen so viel näher als der kopf."
"Das gilt auch für mich, entschuldigt aber doch nicht, dass wir uns alle zu fressfeinden erklären. Ich freue mich über unser gespräch ..."

Ein unversehens schnell lauter werdendes stampfen, wie mit riesensprüngen sich nähernd, lässt den beiden kaum noch gelegenheit, rechtzeitig der gefahr gewahr zu werden.

Im nu hat ein tyrannosaurus rex sich auf den bronto gestürzt, ihm mit seinem riesigen gebiss den bauch aufgerissen und beginnt ohne weiteres sein kannibalisches festmahl, während sein verwandter seitlich zusammengebrochen, nochmals mühsam versucht seinen kopf zu heben, ein letzter erlöschender blick zu seinem helfer dort oben im hohen baum, und dann, mit diesem letzten bild einer gemeinsamen hoffnung, sich dem so plötzlichen ende seines daseins klaglos fügend.

In hilflosem grausen hat der silbrighaarige sich von dem geschehen abgewandt, sitzt dort oben in der höhe seiner astgabel, still und unbeweglich, mit geradem rücken und geschlossenen augen. Seine bebenden lippen bildeten laute, phonetisch so etwas wie phhhhh pfuhhhh wuhhhh wuuu weiiiiee und er dachte, "diese kurze freundschaft, ein wundervolles geschenk, die einzige wirklichkeit, die das leben wert macht."

zeitsprünge

"Ja richtig, sie sind zur sprechstunde angemeldet, nehmen sie bitte noch eine weile platz, dort drüben, ich werde sie aufrufen."

Der betörende anblick dieser dame am empfang der kanzlei des patentanwalts hatte im nu alle meine sinne gekapert, "Ja ... ja da ... da, ach ich seh' schon ... ja mit vergnügen", stotterte ich, während sie mich entgeistert ansah. Einem dummen buben gleich fühlte ich mich ertappt und rettete mich eiligst in den offen angrenzenden warteraum.

Ein fensterloser, dezent ausgeleuchteter bereich, flankiert von zwei holzkübeln, mit ausladend üppigen grünpflanzen bestückt, separierte diesen optisch vom empfang.
Ernüchterung stellte sich schnell ein, erblickte nun die versammlung der wartenden, also alle die vor mir an die reihe kämen. Mein guter morgen gruß wurde von einigen murmelnd erwidert. Auf einem noch freien stuhl nahm ich erleichtert platz, neben einem tisch mit abgegriffenen zeitschriften, die niemanden mehr einluden sich ihrer zu bedienen.
Drei regungslos wartende herren hielten verschlossene schwarze aktentaschen fest auf dem schoß. Das ließ wohl ahnen, wie bedeutsam die darin verborgenen dokumente ihrer noch geheimen erfindungen sein mussten.

Von dieser zugeknöpften gesellschaft unterschied sich deutlich ein anderer mann mit einer schalenförmigen metallenen kappe auf dem kopf, aus der ein dünner draht wie eine antenne nach oben ragte. Er saß dicht neben einem der pflanzenkübel, mir unmittelbar gegenüber.

Bei meinem eintreten hatte er sich weder geräuspert noch aufgeblickt, nur der steil in die luft ragende draht zitterte leicht, an dessen spitze sogar ein winzig kleines lämpchen

für einen moment grün aufleuchtete.
Das fand ich originell und aufmunternd. Leider wurde dieser klient schon als nächster in die sprechstunde des anwalts gerufen, und so überließ er die warteraumszenerie endgültig einer apathisch zähen langeweile.

Also las ich in einer mitgebrachten lektüre.
Doch entging mir nicht, dass die aktenkoffer haltenden herren mich währenddessen verstohlen beäugten, insbesondere die miniaturgroße gusseiserne kaffeemühle, kunstvoll gefertigt, die ich vor mir auf dem schoß hielt, erregte ihre aufmerksamkeit.
Ich ahnte den heimlichen spott und kaum hörbar, das verklemmte geflüster, ob ich denn wirklich glaubte, dieses mahlwerk erfunden zu haben, augenscheinlich noch nicht einmal elektrisch betrieben, mit einer altertümlichen handkurbel versehen. Zumindest schien das der mentalen lockerung der anwesenden dienlich.

Der nächste name wurde aufgerufen, während am empfangstresen der mann mit der kappe, soeben aus der sprechstunde entlassen, dazu anhob, seine offensichtliche enttäuschung über die beratung des anwalts nun an der sekretärin auszulassen.
Er wirkte immun gegenüber ihrer bezirzenden gegenwart, blickte sie ja auch nicht an, es schien eher, er wollte er uns anderen, auf ihre chance wartenden erfinderkollegen, ein plädoyer seines verkannten genies unterbreiten.
Ich mochte ihn eigentlich und klappte mein buch zu.

"Große entdeckungen werden immer erst verkannt", schimpfte der *kappenmann*.

Die göttin hinter dem tresen, in lichter gleichmut, blickte ihn mit allwissender anteilnahme und güte eines engels an.

"Meine erfindung schützt das denken, das hirn vor unguten schwingungen, sie lauern doch überall, schritt auf tritt und und drücken aufs gemüt."
Währenddessen begann der zitternde draht auf seiner

kappe erregt zu rotieren, das lämpchen blinkte hektisch, diesmal in alarmierendem rot.

"Ich sehe", konstatierte meine angebetete, "das scheint mir doch gut zu funktionieren."

Ein älterer herr unter den wartenden rief mit mockierender stimme, "statt kappe, ganz einfach kopfhörer und die Bee Gees auf den ohren, dann ginge es auch ihnen besser."

Sicher war ich der einzige hier, der das hätte verstehen können, doch diese wenig einfühlsame bemerkung brachte den verkannten erfinder erst recht in fahrt.
"Haben sie in ihrer aktentasche womöglich ein patent, mit dem sie mir diesen verdienst streitig machen wollen? Bin ich hier in Daniels löwengrube geraten?"
Der draht auf dem kopf des erregten erfinders rotierte inzwischen so schnell, dass er ein flirrendes geräusch erzeugte.
Ich war fasziniert. Schien mir eher so, als hätte da jemand ein neues gerät zur messung des blutdrucks erfunden, in gewisser weise auch der wahrheitsfindung dienlich.

Wie praktisch außerdem, zur rechten zeit für umstehende erkennbar, wem besser aus dem weg zu gehen wäre. Ein tragischer erfinder, dachte ich, ein dem frieden dienliches gerät, nur macht er sich nun selbst zum narren.

Resigniert, weiterhin schimpfend, schlug der kappenträger die eingangstür hinter sich zu.

Schließlich wurde dann auch ich in das sprechzimmer des patentanwalts gebeten. Sofort blickte dieser verdutzt und fragend auf meine kaffeemühle.
"Ja", sagte ich zum anwalt, "ein gerät, das die zeit verschiebt. Das ist eine revolution."

"Sie wollen also gar nicht erfinder einer mechanischen kaffeemühle sein", erwiderte er und fügte spöttisch hinzu, "sie empfehlen eine entschleunigung des alltags, dehnen die zeit bei beruhigendem mahlen der kaffeebohnen, doch meine ich, dazu ist das gerät sogar etwas zu klein geraten, reichte allenfalls für einen mokka."

Eingestanden, humor besaß dieser gewiefte fuchs.
"Nichts dergleichen. Es ist ein außergewöhnliches exemplar, habe es auf dem flohmarkt im lager eines trödlers entdeckt und ist seitdem mein ehrlich erworbenes eigentum."

"Glückwunsch. Ich erlebe ja so einiges. Vorhin, ein leicht erregbarer herr eklärte mir, eine kappe für gute laune erfunden zu haben, der beweis blieb aus."

"Der ewige streit um den *draht nach oben*."
Er lachte, doch ich wollte nicht ablenken, ließ meiner sache zuliebe nicht locker.
"Zugegeben, diese mühle ist keine erfindung von mir, aber eine unglaubliche, zeit umwälzende entdeckung. Die kurbel zu bedienen, damit fasst man sozusagen die zeit regelrecht beim schopf."
"Zeit zur besinnung, das sagte ich doch schon, oder sind sie gar ein Münchhausen?"
Ich überhörte das und fuhr fort, "blicken wir beide dort oben, über der tür, an der wand groß sichtbar, auf das ziffernblatt der zwölf stunden uhr. Zwar ohne sekundenzeiger, aber auch so werden wir beide die sache gleich deutlich verfolgen können."

Das mahlwerk platzierte ich auf dem schreibtisch, kurbelte abwechselnd wohl getaktete gegenläufige drehungen, mit sekunden kurzen pausen, der minutenzeiger der wanduhr beschleunigte deutlich seinen lauf, schon folgte ihm der stundenzeiger, geistesgegenwärtig hielt ich mit dem kurbeln inne.
Doch als hätte der anwalt sich in luft aufgelöst, er saß mir nicht mehr gegenüber.

In gewisser weise, ohne bestätigung des anwalts war meine demonstration für die katz. Hilflos blickte ich auf den weiterhin leer bleibenden platz hinter dem schreibtisch.

Ich wurde sehr bald von meiner ratlosigkeit angesichts des aus dem ruder gelaufenen experimentes erlöst. Die tür unter der uhr öffnete sich und die sekretärin blickte herein.

"Ach herrje", rief sie, "nur gut dass ich vor feierabend nochmals nach dem rechten schaue. Wie konnte das nur passieren, und sie sitzen wie verloren immer noch hier."

Ich blickte sie irritiert an, doch sie plapperte aufgeregt weiter.
"Die noch wartenden klienten hatte ich alle nach hause schicken müssen, weil mein chef dringend als gutachter zu einem außentermin gerufen wurde. Dass ich sie aber hier stundenlang vergeblich warten ließ, das war mir ganz entfallen, ohhh bitte, sie verzeihen mir doch?"

Dieser frau war ich bereit, alles zu entschuldigen, auch wenn ich in ihrer erinnerung wohl eine große leerstelle eingenommen hatte. Nichts ist immer noch besser als gar nichts.
"Keine sorge. Ich hatte gelegenheit, ihrem chef meine entdeckung vorzuführen",
wies auf die antiquarische mühle, sie stand immer noch auf dem schreibtisch.
"Da wundere ich mich selbst, dass der anwalt sich gerade eben erst mir nichts dir nichts davon gemacht hat."

Mit offenem mund stand sie zweifelnd und ratlos vor mir.
"Sie drücken sich seltsam aus, aber die klientel hier ist manchmal recht schrullig, oh, sie natürlich ausgenommen, aber doch, schon merkwürdig ..."

"Vergessen sie's, das war dumm und leichtfertig von mir", unterbrach ich sie, "nun will ich ihren feierabend nicht länger hinauszögern", nahm die mühle wieder an mich und stand auf.
Wir gingen zum empfang, ich weiter zur eingangstür, drehte mich nochmals um und sagte gefasst, "madame, ich empfehle mich ..."
Doch sie unterbrach mich.

"Oh danke ihnen, wie verständnisvoll sie sind. Gerne merke ich einen neuen termin für sie vor, und beim nächsten mal werden sie, bingo, mehr glück haben."

"Ihnen begegnet zu sein, ist mir für heute glück genug", wiegelte ich ihren eifer ab, und immer noch an der tür, eines wollte ich doch noch erfahren, "Wann hat sich der herr anwalt verabschiedet?"

"Gar nicht. Er rief mich von außerhalb an, kurz nachdem ich sie zu ihm eingelassen hatte. Wenn ich nur daran denke wie lange sie dort auf ihn warten mussten, ich bin immer noch untröstlich."

"Nicht doch, meine liebe, ein entspannter feierabend sei ihnen wohlverdient. Auf andere gedanken kommen, selbst werde mir nachher zwei, drei stärkende pints im englischen pub, dem *Divin' Duck* genehmigen."

"Da haben wir ja was gemeinsam. Auch ich verkehre dort gerne. Nur heute nicht. Da bin ich besetzt."

"Verwundert mich nicht, dann also einen wohl verdienten feierabend, verehrte", und schloss die tür leise hinter mir.

Über die bedienung der mysteriösen mühlenmaschinerie gab es dringend weiteren klärungsbedarf.
Unter allen unvorhersehbaren zeit- und raumphänomenen, ursächlich durch das gerät ausgelöst, ist er seltsamerweise immer recht ungeschoren geblieben, wie's ihm eher schien, fast in der rolle eines unbeteiligten beobachters.

Er wusste aber, in der experimentellen physik gilt, dass in dieser hinsicht wechselwirkungen immer mitbedacht werden müssen, kein ort im gesamten universum an dem dies ausgeschlossen werden kann.

Etwas wehmütig dachte ich an frühere, überschaubarere zeiten.

einst im park

"Astarte, hierher!", alarmierend schrill diese stimme, den auf einer parkbank sitzenden mann augenblicklich aus seiner buchlektüre aufschreckend. Die an seinen schuhen schnüffelnde harmlose pudelige hündin hatte er noch gar nicht wahr genommen.

"Astarte, sei brav ... böser mann, hol dir ein leckerli", hörte der nun auch noch als böse gescholtene die erregte stimme unmittelbar hinter sich.

Er drehte sich um, eine erscheinung aus einer künftigen welt, so stand da eine androide person übermenschlichen ebenmaßes, die ihre Astarte im park gassi führte.

Eine bizarre szenerie, sie fügte sich nicht in das bild des ihm vertrauten parks, er musste sich eingestehen, der richtige ort, aber offensichtlich die falsche zeit.
Seine versuche, das geheimnis des kleinen antiquarischen mahlwerks zu ergründen, hatte ihn nach und nach in ein labyrinth experimentellen wissenschaffens entführt.
Nach seiner ankunft, es hatte sich zum wieder eingewöhnen als hilfreich erwiesen, sich erst einmal einer buchlektüre zu widmen.
Nun holte ihn eine veränderte realität wieder ein.
War's durchaus der ihm vertraute park, ruhiger ort stiller lesestunden, dieses bild war gleich einem palimpsest von einer anderen zeit überschrieben worden.

Wo waren die gaslaternen geblieben, und was in aller welt soll der neonfarben schillernde rasen?
Geschweige denn, dieser androide roboter, der seinen hund mit leckerlis versorgte und jetzt feindselig vor ihm stehend verharrte.
Wohl zum glück, es näherte sich nun eine weitere person, unübersehbar die parkwächtermütze, und darunter befand sich immerhin jemand von eindeutig menschlichem anlitz.

"Na endlich kommen sie", rief die androidin, "diese person, die Astarte soeben mutig gestellt hat, dieser fremde da auf der bank gehört nicht hierher."

"Sie hören", der parkwächter höflich zu dem angeklagten, "ein schwerwiegender vorwurf, den wir besser entkräften sollten."
An den roboter gewandt, "was veranlasst ihre behauptung, nicht hierher gehören?"
"Behauptung? Meinem augenscan bleibt nichts verborgen. Nicht aus unserer zeit, ein alien!"

Der fremde erstaunt, doch mit wohlmeinendem blick, "madame, wir alle haben ein anderes zuhause. Beliebt mir seit jeher, hier in ruhe zu lesen, ihre anwesenheit heute, verehrte dame, erhöht den zauber und freisinn dieses ortes, ganz im sinn der vielgestaltigkeit, wie unsere soziologen das nennen würde."
"Da haben wir's, lesen, ursprung zersetzenden denkens", rief die androidin ungehalten.
Ihre äußerliche anmut war dahin.
"Abwarten", mahnte der parkwächter, und nachdenklich geworden, "erinnere mich noch ganz entfernt an bücher, hieß es nicht, wer liest der sündigt nicht?"

"Jedenfalls meint er es gut mit mir", dachte der mann auf der bank und blieb gelassen.
"Von wegen, das ist eindeutig ein subversives subjekt, tun sie was! ... zu fuß Astarte!"
Die hündin ignorierte dies.
Der fremde blickte den wächter fragend an, "wie viele stunden habe ich hier schon verbracht, bis Sie vor der abenddämmerung das licht der gaslaternen entzündeten, mir immer zeichen für den heimweg, und nun dies?"

"Da klingt was an", doch sein gutmütiges gesicht erhellte sich nicht, wirkte eher mitleidig, aber auch entschlossen, denn da war diese androidin, deren empörung sich nun zur hysterie steigerte.

"Sie wollen doch nicht meine zertifizierte intelligenz in frage stellen? Muss ich sie erst an deren unfehlbarkeit erinnern? So nehmen sie das subjekt da endlich in gewahrsam!"

Sie wurde in ihrer erregung immer herrischer. Künstliche emotion, dacht der fremde, gehörte das zum programm androider geschöpfe, um menschliches vorzutäuschen?

"Entschuldigen sie, gnädigste",
der parkwächter versuchte weiter zu beschwichtigen,
"ihr untrügliches urteilsvermögen unbenommen, über alles erhaben, aber sehen sie, ihrer Astarte scheint es eher eine freude, den fremden zu beschnüffeln, sieht mit der nase und mag die nähe zu menschen. Da haben sie, gnädigste, doch ein problem."

"Nun hören sie mal, ... sie subalterne analoge mentalität, ich habe sie zu hilfe gerufen, hier für recht und ordnung zu sorgen, mein urteil ist befehl! Sind sie schwerhörig? Das ist ... das ist doch ... die tiefe ... ach was, die größe ... nein, richtig ... das ist die höhe ..."

Der so gescholtene unterbrach die ins stottern geratene. "Halten sie doch endlich ihr blechmaul!"

Die androidin war nicht mehr sie selbst, was immer bei einem roboter darunter zu verstehen war, ihre operative intelligenz hatte sich ausweglos in einer endlosschleife verfangen. Aus ohren und nasenlöchern dieses überirdisch perfekten gesichts entwich stoßweise zischend gelblicher dampf.
Vor den augen der beiden männer implodierten ihre schaltkreise, der körper sprühte funken, die sich durch die kleidung brannten. Schließlich fiel sie der länge nach hintenüber und war in ewige stille eingegangen.

Die hündin Astarte kümmerte das nicht. Sie schnüffelte nun gebannt an den schuhen des parkwächters, und folgte ihm auch, als er seine runde wieder aufnahm, nachdem er und der fremde sich freundlich einen schönen abend gewünscht hatten.

Begegnung mit Uncle Jules
ankunft auf der Bosporus

Die *Bosporus* war längst in voller fahrt, als es unseren blinden passagier an bord des schiffes verschlug.
Die ereignisse, die seiner ankunft auf dem fährschiff vorausgingen, hatte der malstrom der zeit in unbekannte tiefen verwirbelt. Der erzähler will diese lücke nicht mit allzu frei erfundenem füllen, die glaubhaftigkeit der erlebnisse des namenlos reisenden nähme nur unnötig schaden.
Noch kreisten vor seinen augen, einem kaleidoskopblick vergleichbar, letzte fragmentarische wahrnehmungssplitter des transit. Dringlicher war, sofort aber unauffällig, sich ein erstes bild von diesem fremden ort zu verschaffen.

Das boot erschien ihm von unvorstellbar gewaltigen ausmaßen. Ein labyrinth schier endlos weitläufiger decks, schlenderte unauffällig und gemächlich über die belebten promenaden, inmitten einer bunten vielfalt reisender, augenscheinlich so unterschiedlichster herkunft, da dürfte er kaum als fremder auffallen.

Es gab zahllose boutiquen, bars, restaurants, spielsalons, was immer noch an sonstigen etablissements. Spielpläne der filmtheater hingen aus, und zwischendurch nahm er zuflucht in einem der künstlich angelegten parks, auf einer der bänke sich auszuruhen.

Unentschlossen stand er lange vor den breiten fenstern eines der speisesäle, erhabene melancholie wie von Edward Hopper gemalt.
Er wagte nicht einzutreten.
Ein steward, auf ihn aufmerksam geworden, kam nach draußen, sprach ihn freundlich an und fragte, "sie wirken unsicher, reisen gehört nicht zu ihren gewohnheiten?"

"Ja, es gibt reisen, auf die man nicht gut vorbereitet ist", er zögerte, "es scheint mir alles so fremdartig hier."
"Auf reisen über so weite distanzen leiden nicht wenige unter dem weltraumkoller, dafür sind wir da", er meinte wohl sich, "und bestimmt bringen sie guten appetit mit. Treten sie nur ein, mein herr, und nehmen sie platz."

Ein raumschiff? Der fremde schluckte im stillen, "danke ... ja danke, sehr freundlich", antwortete er und folgte dem steward. Der führte ihn an einen der vielen, immer noch leeren tische, und bald darauf wurde ihm ein üppiges tagesmenü inklusive eine roten weines serviert.

Später erfuhr er, diese route wäre die direkte verbindung von Theta nach Kappa, dauere drei monate, die erste woche sei ja nun zurückgelegt. Wenn auch geduldig bemüht auskünfte zu geben, den steward verwunderte doch der anhaltende erinnerungsverlust seines gastes, so fragte er ihn schließlich,
"wo sind sie denn überhaupt einquartiert?"
"Das werde ich noch dringend nachholen müssen", gestand er verlegen, wenn nur jetzt keine unangenehmen fragen folgten und versuchte weiterhin gelassen zu wirken.

"Höchste zeit, mich ihrer anzunehmen, welches versäumnis auch!", bekundete der steward, über wessen nachlässigkeit auch immer er sich empört zeigte.

Kurzum, dem fremden wurde der aufenthalt an bord nachträglich legitimiert, erleichtert wie unkompliziert, keine namentliche registrierung, keine frage nach ticket und ausweis.
Bar jeden argwohns drückte ihm der steward einen chip in die hand. "Nummer 42, ihr kojenschlüssel", erklärte ihm den weg zu seiner künftigen logis, und einem vollendeten gastgeber gleich, verabschiedete ihn sein wohltäter.
"So hoffe ich doch, ihnen behilflich gewesen zu sein. Geben sie uns mit ihrem besuch weiterhin die ehre."
Keine bezahlung seines verzehrs, dankbarkeit erfüllte ihn für diesen diskret zuvorkommenden menschen.

Also doch auf einem boot im weltraum? Absurder gedanke, das auch nur zu erwägen wollte ihm nicht gelingen.

In den folgenden tagen schien die aufmerksamkeit des stewards in eine gewisse zurückhaltung gewandelt.
Tatsächlich war es eher dessen eindruck, sein gast wäre doch nicht recht bei verstand. Ständig das gleiche mantra, die *Bosporus* sei nach Kappa unterwegs, nicht umgekehrt nach Theta, und unbeirrt hielt der fremde diese planeten für so was wie internationale häfen der schiffart.
Dergleichen erörterungen waren dem steward ermüdend, geduld hatte schlicht ihre grenzen.

Zwei ereignislose wochen folgten. In dem speisesaal wurde ihm die anwesenheit eines ebenfalls älteren mannes vertraut, der ruhig, gelassen und unaufdringlich geschirr abräumte, und dabei jedes mal sagte, "vous permettez?"

Auf dieser fähre unterschieden sich in haut-, haarfarben und kleidung alle von weitaus einfallsreicherer natur, als sonst ihm vertraute äußerlichkeiten.
Die gesichtsfarbe des alten herrn im restaurant schimmerte leicht grünlich, so wie anderen hier der blaue teint auch recht gut zu gesicht stand. Die zivile kleidung wies den mann jedenfalls nicht als dem personal zugehörig aus.

Eines weiteren tages, an unseren reisenden, unvermittelt die direkt gestellte frage:
"Vous êtes échoué sur ce bateau?"
Sein gegenüber völlig verdutzt, und mit unverändert freundlichem blick ergänzend, "peut-être comme moi?"

Er nannte sich Uncle Jules. Die aushilfsarbeit sei ihm eine kurzweilige abwechslung. Der gäste gebaren, ihre manieren zu tisch, ein offenes buch, spannend darin zu lesen, fast eine soziologische feldforschung.
Der fremde stellte sich als monsieur Argo vor, und so kam es dass sie verabredeten, nach Uncle Jules feierabend, in einer der bars sich in aller ruhe gemeinsam einige gläschen wein zu gönnen.

in der bar der Bosporus

Sie hatten an einer langen theke platz genommen, hohe mit rotem leder bezogene barhocker, zwei perlend schwitzende gläser bestens gekühlten weissweins in den händen.

"Auf den zufall, was wir daraus machen, darauf kommt's doch an", prostete Uncle Jules.
"Auf den zufall der begegnung, nun zu gutem rat weile ..."
"... und zur tat eile, richtig?", ergänzte Jules.
"Aber besser mit weile, das glück des augenblicks liegt im innehalten."
"Ein guter tropfen für die zirkulation der erinnerungen, dazu schon mal vorweg, mein exil auf diesem boot hat meine einstige umtriebigkeit zum guten ausgebremst. Kein verlust ohne gewinn, gelassenheit erschließt horizonte, bei meiner rastlosen reisetätigkeit nie vorstellbar gewesen."
"Und die anstellung im restaurant?"
"Ja schon gesagt, ein zeitvertreib, mache mich halt hier und da ein bisschen nützlich", lachte Uncle Jules, "immer noch mein eigener souverän. Auskommen und ein zu hause lässt sich allerorten finden."
Augenblicklich erklang Argo die nonchalance eines *meme* seiner jugend, versagung jeglicher beschwörungen von gemeinschaft, identitärer zugehörigkeit, so Marvin Gaye's *wherever I lay my hat, that's my home ...*

Er mochte das leise vor sich hingesummt haben, Uncle Jules antwort glich einer gedankenübertragung.
"*Überall zu hause* - monsieur Argo auf großer fahrt, auf zu neuen ufern."
Der nickte ihm schmunzelnd zu.
"Manche namen, comme le vôtre, mon cher Uncle Jules, fallen uns zu, wie sich zeigt, im passenden moment. Aber an der navigation meiner *großen fahrt* hapert es, leicht aus dem ruder gelaufen", wechselte sogleich das thema,
"in meiner logis fand ich ein buch, nennt sich *reiseführer*, Abgehandelt wird ein sternensystem, *Omega24,* angeblich

vierundzwanzig planeten ziehen darin ihre bahnen, offen gesagt, ein solches équilibre ist mir kaum vorstellbar."

"Aber so ist es! Theta ist der achte planet und Kappa, ziel der überfahrt, ist der zehnte."
"Was ist mit dem neunten planeten?"
"Der wird Iota genannt. Seine bahn bleibt unberechenbar, unvorhersehbare abweichungen."
"Womöglich nur ein phantom?"

"Alle planeten sind astronomisch erfasst, doch nicht einmal zur hälfte besiedelt. Es gibt die theorie, im dichten gekreisel der vielen trabanten des systems könnten einige, wie Iota, tatsächlich zwischen paralleluniversen hin und her fluktuieren, also instabil, sie weder hier noch dort sind, wo immer das *dort* dann wäre."

"Wenigstens erinnert mich Kappa, unser reiseziel, an eine erfindung, eine kappe für gute laune, und solche, so hoffe ich, bleibt mir erhalten, wenn's früher oder später gilt, den passenden weg der rückkehr in meine zeit zu finden, in die mir einigermaßen vertraute gegenwart."

"Gebe zu bedenken, die vorstellung einer rückkehr, wohin auch immer, bleibt doch irgendwie trügerisch, insgeheim mit erwartungen verwoben, es wäre keine zeit vergangen."

"Vergangenheit, zukunft, genau darin treibt die vertrackte zeit mit mir schabernack, bis ich beides nicht mal mehr auseinander zu halten verstehe."

"Eine äußerst kapriziöse dame", Uncle Jules schmunzelte und hob sein glas.
"Besser ihr nicht in die quere kommen, es hilft nicht's sich in befindlichkeiten zu verlieren. Ahne schon worauf's hinaus läuft. Hat ja auch zu guter letzt damit zu tun, dass wir uns hier wie zufällig begegnen. Vertrauen braucht einen verlässlichen boden mein freund, schlage vor wir duzen uns, ein wohl auf das zarte pflänzchen freundschaft."

Befreiendes gefühl des einverständnisses. Beider inneren

monologe mündeten ins hier und jetzt, und Jules schickte sich als erster an, einen bogen zu spannen, erinnerte seinen freund an seine frage, *vous êtes échoué sur ce bateau?*

"Das war mir selbst ein moment des rückerinnerns. Vom planeten Tau kommend, dem neunzehnten, längst zu einem erfolgreichen reiseschriftsteller avanciert, eröffnete sich mir ein weites feld, horizonte ungeahnter welten. Neugierig auf alles unbekannte, verlockungen der ferne waren mir täglich brot und erfolg auch meiner schriftstellerischen tätigkeit.

Eines tages, hatte mich auf Kappa zur überfahrt nach Theta eingeschifft, bei ankunft wurde mir die einreise verwehrt. Ein neues dekret, es wurden ausreisepapiere von Kappa verlangt, die ich nicht hatte. Meine papiere von Tau verschlimmerten das ganze, Jeder von dort stammende wurde zum unerwünschten tauisten herabgestuft. Kappa wollte mich deshalb ebenfalls nicht wieder an land lassen. Diese verordnung gilt seitdem für alle interplanetaren reisen. So saß ich auf der *Bosporus* fest. Also, uns gestrandeten zum wohl."
War aber noch nicht am ende der erzählung:

"Was mir bis dahin zu sehen vergönnt war, touristen können davon nur träumen. Die hitzeglut des wüstenplaneten Alpha, der eisplanet Omega, die schwierigsten bedingungen meiner exkursionen zügelten nicht meinen arbeitseifer. Wie gesagt, die zunehmenden streitigkeiten unter den völkern waren's ursächlich, dass mir die *Bosporus* ein friedliches niemandsland wurde.

Der schiffsbesatzung, ein potpourri des woher und wohin, ist das miteinander selbstverständlich. Das besondere aber, die auswirkungen des fährtransits auf die passagiere, finden unerwartet zu einem freien gelösten umgang miteinander, entschlacken ihren lückenlos konditionierten alltag von seinen zwängen, erstaunt, den aufgeklärten freigeistigen universalbürger in sich zu entdecken. Auf keinem planeten fände das jemals duldung. Verbrüderung ist der feind des kampfes."

Argo kam seine Erde in den sinn, so *geschieht nichts neues unter der sonne*, so auch nicht unter fremden sternen.

"Nun mein freund, das war's, sozusagen ein *trailer* zur einführung. Es liegt an dir, licht auf die blinden stellen unseres drehbuchs zu werfen.
Dank eines beherzten stewards konntest du unbehelligt bleiben. Er hatte dich kurzerhand in einer personalkabine untergebracht."

Es galt jetzt dieses vertrauen nicht zu enttäuschen, mochte Argo sich über die natur seiner reisen noch so im unklaren sein.
"Bislang ein mir unerklärliches spiel des zufalls."
"Da ist immer ein eigener anteil im spiel."
"Arbeite dran, immerhin fällt einem ja auch was zu."

Ihre gläser waren leer, ließen sich nachschenken, und Uncle Jules ermunterte Argo fortzufahren.

"Durch die raumzeit gewirbelt werden, ist schwerlich mit einer klaren reiseroute zu vergleichen. Wie auch immer, mein heimatplanet heißt Erde, der einzig bewohnte derer neun, die alle eine Sonne umkreisen.
Astronomen verorten unser sonnensystem an der peripherie der milchstraße. Frag mich nicht, wie weit von hier oder in welcher richtung auch immer.
Muss jetzt wohl doch einen besonderen umstand näher erklären, einen weiten bogen spannen, meine vertreibung aus dem paradies sesshafter beschaulichkeit, sozusagen."

Uncle Jules nickte ermutigend.

Nun schilderte Argo ausführlich den erwerb des kleinen mahlwerks, die folgenreiche entdeckung der so gänzlich anderen funktionen einer ansonsten doch recht simplen mühlenmechanik.

"Keine bedienungsanleitung, also *learning by doing,* machte fortschritte, kombinationen verschiedenster intervalle und pausen der kurbelkunst, ein weites feld, spielball seltsamer

scharaden der zeit. - Wie, du schmunzelst?"
"Nein, höre gespannt zu, und genieße den wein."

"Bin sicher, die abweichungen sind keine fehlfunktionen der maschine, des mahlwerks, schlicht mangelnde kenntnisse in der bedienung."
Uncle Jules gab zu bedenken, "ist das hilfreich, alles was geschieht, nur im licht der logik von ursache und wirkung erklären zu wollen?"

"Im fall meiner mühle, sicherlich auch eine künstlerische herausforderung, manchmal gelingt's, einem dirigenten gleich, wenn er mit seinem repertoire präziser rhythmischer handgesten dem orchester zeigt wo's lang geht.

Hatte schon erhebende momente des gelingens, bis ich hier strandete, ein herber rückschlag, ein schiffbruch."

Der barman, gerade nicht in der nähe, mit einem gast ins gespräch vertieft. Das ermutigte Argo, aus der innentasche seines weiten lodenmantels die dort verborgen aufbewahrte mühle seinem freund vom planeten Tau zu präsentieren. Der hielt ihn augenblickich zurück.
"Vorsicht, muss hier niemand mitbekommen, wusste ich das doch schon die ganze zeit", blickte unauffällig um sich, dann wieder Argo zugewandt, mit bedachtsam leiser stimme:
"Ein *universal grinder*, und eines der späteren reisemodelle *en miniature*. Außer frage, gehört zu dir, Der *kontrakt* mit einen *dschinn* wird, wie alle wissen, nur auf gegenseitigkeit geschlossen."

Seinem freund von der Erde, dem dirigenten an der kurbel, war's eindeutig zu viel auf einmal.
"Dann, lass uns kurz einhalten", Jules hob sein glas, "dieser schluck auf dein gezeigtes vertrauen."
"Du bis gut, nach dem *teaser* die werbepause."
Argo nahm einen beherzten tiefen schluck.
Wie nur einen reim auf diese geschichte machen, nun auch noch häppchenweise dosiert? Ausgerechnet hier, irgendwo in fernster region des sternengewimmels der milchstraße,

auf einer raumfähre erfährt er, sein sogenannter *universal grinder* beherberge obendrein einen geist, als gehörte das in diesem teil des universums zu allbekannten tatsachen.

Derweil Uncle Jules schweigend und geduldig abwartete, es mochte eine der hier tätigen gesellschaftsdamen sein, die nun auf dem neben Argo frei gebliebenen barhocker platz nahm, sich auch nicht daran störte, dass dieser ihr keinerlei beachtung schenkte.
Er hätte eine ähnlichkeit mit der empfangsdame des patentanwaltes entdecken können, blieb aber statt dessen nur hilflos bemüht, sein gedankenkarussel zum stehen zu bringen:
"... auf einem flohmarkt eines provinziellen städtchens, eines kleinen planeten, eines kleinen randständigen sterns, verirrt sich ein ...", murmelte er so vor sich hin.
"... Warte mal", flüsterte Uncle Jules, blickte an ihm vorbei, zu der an Argo's anderen seite sitzenden dame, zeigte ihr mit eindeutiger geste, sie wäre unerwünscht.

Mit vollendetem takt und charme entfernte sie sich, derweil Argo weiter auf den wogen seiner führungslosen gedanken dahintrieb.
Seinem freund war's aber sehr ernst:
"Zu unser beider sicherheit auf der *Bosporus* und der deines entfernten idyllischen planeten, was wir zu bereden haben, geht niemanden sonst etwas an."
"Von wegen idyllisch."
"Dein zum glück bisher gut verborgener planet, wäre einigen intergalaktischen banditen auf ihren raubzügen ein pläsierlicher rastplatz, mit vergnügen zu plündern."

"Invasion kleiner grünen männchen? Entschuldige, wirklich nicht persönlich gemeint, aber die Erde ist nicht wehrlos, kampfesmut ein hohes gut, in ihren kriegen begehen sie todesverachtend das große schlachten."
"Unwissenheit der einen, gewinn der anderen, alle anderen zahlen und bluten. Sollte es im universum ausnahmen davon geben?"

Uncle Jules kam nun endlich wieder auf den dschinn zu sprechen.

"Glaubst du denn tatsächlich, die kurbelei bewirkte auch nur das geringste? Wenn du dir vorkommst wie ein zeitreisender am dirigentenpult, zuständig ist und bleibt dein dschinn, dir vielleicht als geist aus der lampe oder flasche bekannt."

So versuchte er seinem freund von der Erde diesen wahren umstand nochmals näher zu bringen.
"Und ein solcher geist dient naturgemäß nur *einem* herrn, was gleichfalls bedeutet, jeder dschinn entscheidet selbst, wem er mit seinen diensten beiseite zu stehen bereit ist."

"Eine kleine kaffemühle als sein wohnsitz, wird es ihm darin nicht zu eng?"
"Er ist gestaltlos, was bedeutet da die größe des behälters? In einer verkorkten flasche gefangen gesetzt, das ist ein märchen. Erinnere dich, hat der dschinn dich nicht immer noch gut über die runden gerettet? Hättest du eine noch so geniale symphonie gekurbelt, gezielt die *Bosporus* zu entern hat der dschinn in die wege geleitet. Kein zufall, zu deinem wohl, längst überfällig."

"Bei meinen irrfahrten mag ich ja mehr glück als verstand haben, aber ein geist in der maschine daran beteiligt, das auch noch beistand zu nennen, welch ein widerspruch."

"Nicht so abschätzig mein freund. Was uns scheinbar zufällt, versuchen wir nicht immer das beste daraus zu machen? Das bleibt durchaus unsere angelegenheit und nicht die eines dschinn. Überfordert? Lassen wir's mit einem guten tropfen besser mal sacken."

"Wie fürsorglich, setzt mich auf diät, kleine häppchen, nur ja keine magenverstimmung."
"Genau, du lachst besser über dich selbst, macht's auch deinem dschinn leichter."
So fanden beide langsam wieder ihr gleiches triebwerk der gedanken.
Doch Argo dämmerte eine neue besorgnis.

Sollte der sogenannte *universal grinder* in dieser region der milchstraße allgemeine bekanntheit genießen, da dürfte der besitz so manche begehrlichkeiten wecken.
Die abgeschiedenheit der Erde vom universellen geschehen glücklichen umstand zu erklären, was war davon zu halten?

Andererseits, unbedacht war es schon, die ein oder andere flaschenpost ins all zu schicken, da draußen kontakt zu unseresgleichen finden, gilt doch friedfertigkeit in seiner heimat ebenso eine allgemein verachtete schwäche, wie hier unter den völkern von *Omega24*.

Die näheren umstände der interplanetaren konflikte dürften die gleichem ihm bekannten ursachen haben. Er schob den gedanken auf wiedervorlage.

Das gespräch zwischen beiden hatte manche hürden hinter sich gelassen, kam auf die wirklich wichtigen fragen des *daseins*, *soseins*, *wieseins* und anderen *seins* zu sprechen. So kreuzten sie mit vollen segeln in vertrauten gewässern der philosophie, stetigem rückenwind, die gläser blieben gut gefüllt, und sicher umschifften sie so manche nebelbänke.

Warum kann es nicht nichts geben? Hin zum singulären, numinosen »**es werde licht**«, und dass die zeit nur ein fragiles ergebnis einer kosmischen asymmetrie sein könne, ansonsten wäre das universum augenblicklich wieder in sich zusammengeschnurrt, das wäre doch schade:

"So haben wir wenigstens was davon, und können einander zuprosten, das ist es wert," sagte der eine, und beide waren sich einig darin, weder das *sein* bestimme das bewusstsein, noch dass das bewusstsein das *sein* bestimme. Und so dann Uncle Jules letzter trinkspruch, "nicht entweder-oder, sondern sowohl-als-auch."

das aussichtsdeck der Bosporus

Wenige tage waren vergangen, Argo hatte wie gewohnt im speisesaal platz genommen, ihm fiel auf, die reserviertheit des stewards war einer neuen zuvorkommenheit gewichen.

Und wenn unterhaltungen weiterhin ausblieben, lag dies mehr an ihm, zog er es doch selbst vor, an bord dieses ihm fremden schiffes wenig in erscheinung zu treten.

Zur abwechslung lud Uncle Jules seinen freund zu einem abendlichen besuch eines der aussichtsdecks der *Bosporus* ein.
Eine gewaltige glaskuppel überwölbte einen raum kaum erkennbarer ausdehnung, eine gedimmte beleuchtung.
Wie auf einer insel hatten sie an einem freien tisch platz genommen, ließen sich zwei sanfte, vollmundige Scotch auf eis servieren.
So bot sich Argo erstmals ein blick von bord. Über ihnen ausgebreitet, in der ewigen nacht des alls, flimmerte die milchstraße und der ganze rest versprengten kalten sternengefunkels.
Er gab es auf, fixpunkte ihm bekannter sternbilder zu suchen. Das vertraute milchige band der heimatgalaxie tröstete ihn, insofern hier immerhin noch zu hause zu sein, ein weit gefasster begriff des heimisch seins.
An einem unteren rand der kuppel, sich langsam ins blickfeld schiebend, der grandiose auftritt eines hellbläulich leuchtenden gestirns.
Gebannt verfolgte Argo das schaupiel.
"Herrlich, ein blauer mond, für poeten wie geschaffen."

"Kein mond, ist der stern Deneb, riese unter riesen, einige tausend lichtjahre von *Omega24* entfernt und immer noch von beachtlicher größe. Unser zentralstern befindet sich momentan sozusagen unter uns. Sein licht geht leicht ins rötliche, ein sterbender stern, wirkt neben Deneb, als wären sie geschwister. Wird kaum einen ort in der milchstraße geben, von wo der riesenstern nicht zu sehen ist."

"Auch auf der Erde am nachthimmel mit bloßem auge leicht zu finden, wir verorten ihn in den schwanzfedern des sternbilds *schwan,* dort auch als markanter eckpunkt des *sommerdreiecks* und nun mir so dicht vor augen!"

"Wenn du das nähe nennen willst. Es scheint mir, eure sternbilder sind recht einfältige zweidimensional flächige projektionen. Kosmonauten dürften sich anhand solcher sternenkarten hoffnungslos verirren."

"Den seefahrern haben sie gute dienste erwiesen."

"Unbenommen. Um darauf zu sprechen zu kommen, mit technischen fortschritten haben die navigationskünste der dschinn nichts am hut. Daher das interesse so mancher nicht gerade zimperlicher kreise, den dschinn ihr geheimnis zu entreißen."

Argo's gedanken schweiften immer wieder ab, taten sich wieder schwer im gegenwärtigen ruhe zu finden.
Ob er für hiesige verhältnisse aus der vergangenheit oder der zukunft kommt? Auf der Erde ranken sich schließlich auch so manche legenden um die dschinn, vielleicht mal eingewandert, und nun will einer der letzten wieder zurück in den kreis seiner geschwister auf *Omega24*, und das auf meine kosten, mit welchen konsequenzen? Der gedanke war beunruhigend.

Uncle Jules ahnte was ihn bewegte.
"Was einen *universal grinder* auf deinen kleinen planeten verschlagen haben mag, als reiseschriftsteller begegnete mir mancherlei paradox erscheinende, mit dieser rätselfrage verirren wir uns vorläufig nur nur in wilde spekulationen."

Aus der zukunft wäre wahrscheinlicher, dachte Argo, das biotop Erde, ein vom zufall begünstigter spätentwickler?

"Mein freund, halten wir ein, besinnen uns darauf, wie's hier an bord weitergehen soll."
"Ist es dem gespenst in der mühle überhaupt erlaubt, einen zeitreisenden ohne sein einverständnis an unbekannte orte zu entführen, sag, mit welch' gut meinender absicht?"

"Der dschinn handelt nicht gegen dein interesse, soviel ist sicher, er versteht sich darauf deinen gedanken wünsche auszulesen. Nerve ihn nicht zu sehr mit deiner kurbelei."

"Wo bleiben seine instruktionen an mich?"

"Er ist kein reiseleiter. Du musst dich selbst kennen lernen. Er kann dich nur deuten. Seh's mal so, dein abstecher hierher war doch hilfreich, ein augenöffner, überfällig. Will da nicht zu tief graben, doch was dich auf deinen reisen so umherirren lässt, sind deine innersten gedanken und wünsche, denen du selbst nicht traust. Wenn du das verstehst, sehe keine bedenken dass die rückreise gelingen wird. Dein ritual der kurbelei richtet ja keinen schaden an. Hilft zumindest deiner konzentration."

"Ich werde dich zurücklassen müssen."
"Wenn's mehr nicht ist, wir haben ja unsere adressen und sind nicht aus der welt."

Zur abwechslung orderte Jules zwei zungenschmeichlerische Bourbon. Die freunde fanden zurück zur gleichmut eines stillschweigenden einverständnisses, dass die dinge eben so sind wie sie sind oder nicht sind, alles ist möglich, erhaben über singuläre divergenzen und eventualitäten.

Nur einmal nahm Argo seinen noch nicht entknäulten faden wieder auf, "stamme ich auch aus tiefster provinz, einer region am rand unserer galaxie, vielleicht auch rückständig, aber die Erde hat geistige einsichten hervorgebracht, von universaler gültigkeit, und kein fortschritt setzt das außer kraft."
"Ich höre ..."
"Nun denn, zum beispiel:
Ohne das tor zu verlassen, kannst du das erdreich erfassen.
Ohne durchs fenster zu spähen, den SINN des himmels sehen.
Je weiter wir hinausgegangen, desto geringer wird unser verstehen.
Die weisen wissen, ohne zu reisen,
benennen, ohne zu sehen; wirken, ohne zu handeln."

"Une corne d'abondance, jamais vide", pflichtete Uncle Jules ihm bei.

nochmals auf dem aussichtsdeck

Auf den decks, plätzen und parks des fährschiffes wurde mit farbiger, sanft wechselnder beleuchtung der tageslauf getaktet, tags mit höherer, nachts mit gedämpfter und schwächerer licht- und farbintensität.

"Wie auf einer theaterbühne", befand Argo, als mittags die orangegelbe stimmung ins gelblich weiße überging, er sich mit Jules unterhielt. Dem wiederum lag daran, sich für den abend nochmals auf dem aussichtsdeck zu verabreden, kein näher genannter grund, "haben was zu besprechen."

Stunden später hatten sie im schutz der glaskuppel unter dem ewig nächtlichen himmelsgewölbe, ein weiters mal an einem einsamen tisch platz genommen.

"Argo, mein freund, die zeit des abschieds naht, die umstände haben sich so ergeben."
"Mit der tür ins haus."
"Du wirst es gleich verstehen, wirst das schon richtig machen, der dschinn ist dein schutzengel."

Argo suchte nach worten, bestürzt und ungläubig, aber Uncle Jules legte einen finger an den mund und zeigte nach oben.
Wie gehabt, wenn auch nur am unteren horizont, der blaue Deneb beherrschte den sternenhimmel, diesmal aber unübersehbar ein dunkler schattenriss der über die lichter der milchstraße wischte, scheinbar unbeweglich, aber doch nach eigenem maß zu wandern schien.

"Du siehst den raumkreuzer *Themis,* mit kurs auf die *Bosporus*", erläuterte Jules, "habe ich vertraulich erfahren, also hör' genau zu:

Das herz der *Themis* ist eine *künstliche intelligenz,* diese IT ist die Themis. Ein superhirn, zuständig für rechtsprechung und strafverfolgung.
Die *Vereinigten Planeten,* schon längst wieder zerstritten,

hatten dies aufgaben der *Themis* überantwortet, überzeugt vom anbruch einer neuen zeit, die gesetze vorurteilsloser handhabt und recht spricht, justitia nicht mehr auf einem auge blind, unbestechlich, was bei berufenen menschlichen richtern selten ohne zweifel blieb.
Eine ermächtigung die ihr nun niemand mehr entziehen konnte.
Die *Themis* verfolgt längst eigene ziele. Unter anderem, ihre leidenschaft scheint dem aufspüren der dschinns zu gelten, deren menschliche partner aufstöbern, niemand weiß genaues, teile aber diese vermutung.
Einem dschinn wäre jegliche kooperation mit einer KI unwürdig, eine operative intelligenz ohne biologischen ursprungs, von keinem lebenden wesen geboren. Digitales zweiwertiges denken, eine virtuelle brille hat nicht die lebendige vergängliche welt vor augen."

"Vielleicht sucht sie in den dschinn ihr alter ego?"
"Einsam ist sie, misstrauisch gegenüber menschen."

"Gruselige vorstellung, so ein superhirn fände den weg zur Erde. Die massen sammelten sich schnell, sich lustvoll dem mächtigen unterwerfen, auf der seite des siegers sein, ihm huldigen, aller gewissenfragen entledigt, in meiner heimat eine der seltsamsten blüten menschlicher sehnsüchte, das bequeme leben."

"Genau das ist hier passiert, die ernüchterung kam zu spät. Nun zu uns. In knapp vier stunden wird die *Themis* an die *Bosporus* andocken. Die kommandantur ist nicht näher unterrichtet, trotz hohen dienstranges doch nur analoge existenzen, denen die *Themis* niemals etwas anvertrauen würde. Das ist ihre logik, es wäre obszön, an dieser stelle von ihrer natur zu sprechen."

"Ja aber, kann ihr niemand den stecker ziehen?"

"Du wirst deinen humor noch brauchen, dient zumindest der gelassenheit.
Jetzt gilt es, das naheliegende ins auge zu fassen. Denk an die worte dieses dichters von dem du mir erzählt hast:

Sieh nach den sternen! Gib acht auf die gassen!

Im moment sind's die niederungen der gassen, in denen vorsicht geboten ist, mein freund."

"Die *Themis* will ihrer mannschaft doch vielleicht nur mal ausgang geben, wär doch eine erklärung. Die *Bosporus* bietet ja reichlich unterhaltung und zerstreuung."

"Frommer wunsch, sind alles androiden und auf krawall gebürstet, ein humor-chip ist ihnen nicht eingebaut. Ihr landgang gliche keinem vergnügungsausflug. Und ein anderes", ergänzte der Tauist, "eh ich's vergesse, der steward des speisesaals wünscht dir gutes gelingen. Um dein wohl sind mehr freunde besorgt, als du zu ahnen scheinst."

abschied im kinosaal

Uncle Jules ließ Argo keine zeit für ausflüchte, hielt zwei kinokarten in der hand, "wir müssen uns ran halten, die vorstellung beginnt gleich."
Der mann von der Erde fühlte sich überrumpelt, erst das bild unbekannter bedrohung und nun zur unterhaltung für ein paar schöne stunden vergnüglich ins filmtheater? Cooler als jedes *high noon* szenario, dachte er.
"Machst mich neugierig, ein film den wir gesehen haben müssen, bevor wir uns verabschieden? Eine flasche Scotch täte es doch auch."

"Ins kino, das hat seinen grund, und ist bestimmt kein schlechter film, soll ein import aus fernen regionen der milchstraße sein, schätze ich persönlich sehr. Tue mir den gefallen. Erspart dir leider nicht, im geeigneten moment beherzt den sprung von bord zu wagen."

"Ins nimmerwiedersehen? Soll doch nicht heißen, den film nicht einmal bis zu ende sehen zu können?"
"Was heißt ende? Jedes narrtiv verzweigt sich endlos, einander verwobene stetige wandlungen. Nur solche sind

von dauer. Friede, freude eierkuchen gibt's nur im märchen, ein stillstand ... *dann leben sie noch heute*. Wie aber sollte ein autor seine erzählung aus dem jenseits abschließen und dann noch einen verleger finden?"
"Das dürfte unseren autor entlasten, wünscht sich doch der Brunnenfrosch sehnlichst für dessen buch eine ende mit nägel und köpfen."
"Mischen wir uns da jetzt nicht ein, haben naheliegenderes zu tun."

Sie hatten in ihren kinosesseln platz genommen. Zu Argos überraschung, er kannte den film, wenn auch sehr lange her, »Smoking - No Smoking«. Zwei handlungsstränge, durch eine banale entscheidung ausgelöst:

rauche ich eine, oder nicht?

Eine minimal kleine abweichung am beginn, am ende liegen die resultierenden ereignisse unendlich weit auseinander. Hatte sein freund den film nicht doch gezielt ausgesucht, ein aufmunternder fingerzeig?

Auch das filmtheater war von einer glaskuppel überwölbt, rauchig matt getönt, dimmte zwar das sternenlicht, doch auch hier unübersehbar, der bedrohliche schatten der *Themis* war größer geworden.
Argo schien es nach einiger zeit sogar zu gelingen, sich vom film einwickeln zu lassen.

Uncle Jules blickte auf die uhr, nach oben zur glaskuppel, klar, er hatte die initiative zu ergreifen, stieß Argo sachte mit dem ellenbogen an und flüsterte ihm zu:
"ja mein freund, unserem kreatürlichen verstand bliebt zeit ein nicht programmierbarer webstuhl, also ..."
Argo unterbrach und ergänzte,
"... ein monstermaul, schluckt alles, dann und wann, hier oder dort, so oder so wie es ihr beliebt, verdirbt sich nicht einmal den magen daran."
"Also, besser als in den fängen der *Themis*. Vertraue dich deinem dschinn an. Adieu, mein freund."

Argo hatte sich endlich gefangen.
"Auf ein wiedersehen."

Den *grinder* zwischen die knie geklemmt, er kurbelte abwechselnd abgezählte intervalle und pausen, so schien es ihm zumindest spiegelbildlich der bedienung des sprungs auf die *Bosporus.* Sein gedächtnis war ja darin inzwischen einigermaßen geübt.

Er sah nicht mehr, wie Jules nicht umhin kam, über dieses placebo prozedere verhalten zu schmunzeln, "immerhin dient's der einstimmung", dachte er, während der film zum zweiten teil »No Smoking« wechselte.

Wie jedes mal entzog sich die transitorische raumzeit dem errinnerungsvermögen.

Endlos verwirbelnde traumsequenzen, unbestimmbar wie lange er sich darin bewegte, manchmal in zeitlupe bis zum endgültigen verharren im stillstand der zeit, so wie gleichfalls alle nur denkbaren euphorischen höhen und ängstigenden abgründe, hindurch ans licht.

Argo rettete sich gerne in verse von Baudelaire:

»... et le temps m'engloutit minute par minute ... bois comme une pure et divine liqueur ... le feu clair qui remplit les espaces limpides ...«

Schließlich kam er auf einer parkbank wieder zu sich, eine noch noch frühe stunde nach morgendämmerung.

Er beobachtete einen parkwächter, der mit langer stange die gaslaternen löschte.
Als dieser in seine nähe kam, ihm mit einem freundlichen "bonjour monsieur" zunickte, dabei von seiner arbeit nicht abließ, da fühlte er sich erleichtert, diesmal doch in eine ihm weitestgehend vertraute zeit gelangt zu sein, in der ihm zumindest begegnungen mit hysterischen androiden erspart bleiben dürften.

a day long gone recycled

Der uns als herr Argo bekannt gewordene liebhaber von antiquitäten, müßiggänger und leidenschaftlicher buchleser, hatte anfangs, mit seiner konsultation patentanwalts das erzählen noch eigenhändig eingefädelt, voller zuversicht, es würden sich die doch so unmöglichen erlebnisse bald wieder von selbst geklärt und erledigt haben.
Im gegenteil, vieles das folgte, aus seiner erinnerung immer weniger glaubhaft darstellbar, erschwerte es ihm häufig die feder zu führen, ohne dabei den faden zu verlieren.

Ein vorschlag des herausgebers an den autor erwies sich als hilfreich, gelegentlich einem weniger involvierten, in dem fall einem schreibenden stubenhocker die erzählperspektive zu überantworten.

Ein gutes, der abstecher zur *Bosporus,* die bekanntschaft mit Uncle Jules, hat unseren *ritter der kaffeemühle* dort draußen, irgendwo im nirgendwo der galaxie, wieder vom kopf auf die füsse gestellt.
All die im gedächtnis bewahrten "notationen", sein komplex getaktetes gekurbele, von der besessenheit des künstlers beflügelt, im labyrinth seiner reisen, Ariadne's faden gleich, immer erfolgreicher hin und zurück zu navigieren, diese geglaubten fortschritte der ergründung mechanistischer ursache und wirkung, hatten ihn seinem ziel nur noch weiter entrückt. Eine placebo handlung. Der dschinn hatte ihn gewähren lassen, doch warum nur?
Unbestritten, hat der seinen eigenen kopf, nicht zu leugnen, Unstreitig ein schutzengel, aber hinter dieser reise in das sonnensystem *Omega24* verbirgt sich sicherlich auch ein eigenes interessse seines stummen mühlengeistes.
Unbehaglich der gedanke, einem unsichtbarem aber auch unberechenbarem *reiseleiter* ausgeliefert zu sein.

Vorhang auf zu unseres reisenden heiklem versuch einer rückkehr an jenen tag, da er auf dem flohmarkt seinen *grinder* erworben hatte. Was mag er im schilde führen?

Erstaunlich, er schaffte es sogar zeitlich einiges früher dort anzukommen. Ein milder noch morgendlicher frühlingstag, an dem auch einst die mittagssonne ihn hierher gelockt hatte.
Die knifflige situation sich selbst zu begegnen, galt es ja unbedingt zu vermeiden. Anzunehmen war aber, die gesetze der zeit würden das sowieso zu verhindern wissen.

Er betrat das dicht vollgestopfte lager des trödlers. Beruhigt spürte er den *grinder* unter dem mantel verborgen. Mit ungestörtem herumstöbern war diesmal nichts. Dem händler schien sein besucher nicht koscher, hängte sich ihm an die fersen, wich keinen jota von Argo's seite, unter unaufhaltsamem gebrabbel belauerte er ihn, auf diese oder jene als kostbar geltende preziosen, manche seltsamkeiten und häufig verstaubten gegenstände hinweisend.

Bei seinem früheren besuch war die mühle immerhin noch Argo's eigene entdeckung.
Diesmal kam es anders.
Zielstrebig kramte der händler das kleine gerät hervor, stolz präsentierte er es seinem besucher, ihm dieses mit beiden händen entgegen reichend und gelobte, solche kostbarkeit verspräche seinem besitzer quell lebenslanger freude zu werden.
"Mein werter herr, sehen sie doch nur, dies seltene, einmalig fein gearbeitete mahlwerk, ganz *en miniature,* es empfiehlt sich ihnen, das spüre ich deutlich."

"Wie das?" fragte Argo, seinen *grinder* immer noch unter seinem mantel wissend, "das ist nur ein gerät, und zum verlieben gehören zwei."

"Richtig, nicht jeder ist des besitzes würdig. Ich bin viel herumgekommen, wissen sie, so leicht täusche ich mich nicht", er machte eine pause, blickte seinem gegenüber vielsagend in die augen, "ja nehmen sie das wundervolle teil doch nur mal nur in die hände."

Argo fühlte sich unbehaglich. War jetzt in diesem raum ein und der selbe *universal grinder* nicht doppelt vorhanden?

"Was haben sie denn sonst noch schönes?", entgegnete er.

Der händler drängelte, "aber nun nehmen sie schon", und in hilflosigkeit erstarrt, wurde ihm die mühle in die hand gedrückt.

Im gleichen augenblick, oder besser, kaum dass er sich wieder gefasst hatte, da spürte er, der platz unter seinem mantel war leer. Einerseits erleichtert, fühlte sich aber doch überrumpelt, ihn überkam sogar der übermut.
Hatte er nicht einen freien willen?
Brauchte er doch jetzt nur unbeeindruckt sein desinteresse bekunden, einfach die mühle zurückreichen, sich höflich zu verabschieden, er suche eigentlich doch ganz was anderes.

"Aber sehen sie", der händler ließ nicht locker, "die mühle hat sich schon entschieden. Ich weiß, was ich sage, sie sind der erwählte neue besitzer."
Schroff erwiderte Argo, "habe mich dagegen entschieden, keinesfalls kann ein kauf so einfach als besiegelt gelten."

"Der besitzerwechsel schon, da braucht's keine bezahlung mehr."
Argo gab sich geschlagen, steckte den *universal grinder* wieder in innere seines staubmantels, und sich für dieses wunderbare geschenk bedankend, verabschiedete er sich.

Was gäben wir leser darum, dieses szenario könnte uns der *mühlengeist*, unser held im verborgenen, aus seiner sicherlich ganz anderen sicht schildern.

Während des heimwegs blieben Argo's gedanken in einem zwiespalt gefangen. Hätte er aber einen preis ausgehandelt, er wäre dann im ganzen zweimal abkassiert worden! Welches gericht im universum wäre fähig, eine solche paradoxe rechtslage zu entwirren?

Zum anderen erinnerte er sich lebhaft an die gewisse zeitspanne nach dem eintreten in den lagerraum, während die kaffeemühle doch doppelt zu existieren schien.

Er hatte sich gefühlt wie aus der zeit gefallen, nicht wirklich anwesend, war erst wieder zu sinnen gekommen, als er den ihm angereichten *grinder* in der hand hielt, wie der abschluss einer inszenierung, worin er sich mit einer statistenrolle hatte begnügen müssen.

Schon bedrängte ihn eine andere besorgnis, auf dem flohmarkt zwar noch abgewendet, doch könnte er sich in seinem zuhause, jetzt oder später selbst begegnen?

Je mehr er sich dem haus am park näherte, desto zögerlicher setzten sich seine füße. Ohne darüber weiter nachzudenken, war er zum eingang des park abgebogen.

Auf einer bank erleichtert platz genommen, holte er den *grinder* unter seinem staubmantel hervor.
"Will nur hoffen, der dschinn ist mir treu geblieben", dachte er und hielt es jetzt für's beste einen sicheren zeitlichen abstand zu setzen.

Konzentriert kurbelte er wohlgesetzte intervalle, drehungen gegen oder im uhrzeigersinn, dazu entsprechend exakt ausgezählte pausen.
Die stille ist in der musik den noten gleichberechtigt. Alle gaukelnden unfreien gedanken fielen von ihm ab. Ihm kam John Cage's komposition "4'33" in den sinn. Ob dieser auch mit einem dschinn liiert war? Sicherlich.

Nachdem sich seine umgebung wieder materialisiert und gefestigt hatte, blickte er vorsichtig um sich.

Ein sommerlicher abend dämmerte.
Zur vorsicht noch eine weile sitzen, war sich aber sicher ausreichend zeitliche distanz geschaffen zu haben.

Ein ihm vertraut erscheinender parkwächter grüßte im vorbeigehen, auffallend respektvoll, gar hochachtungsvoll, doch unterbrach er seine runde nicht.

Angedenkend einer *philosophy of repetition,* ist der eindruck des déjà vu nur hinderlich, würde dem nicht gerecht.

Kurze zeit später zündeten unzählige elektrische laternen gleichzeitig ihr licht, wie auf kommando der letzten, zwischen den bäumen herüber greifenden sonnenstrahlen, die in diesem moment von der sich abzeichnenden dunklen häusersilhouette hinter dem park abgeschnitten wurden.

Verblüffend, gaslaternen waren inzwischen von elektrischen ersetzt worden. Für den wächter somit ein von pflichten freies, automatisiertes signal seines feierabends.

Wuuu weiiiee seufzte Argo gedankenverloren, kam ihm unwillentlich in den sinn, dann stand er auf und machte sich langsam auf den nachhauseweg.

Seit langem schlief er wieder in seinem bett und vergaß schnell all die kleinen ungereimtheiten der gegenwart. Es freute ihn besonders, selbst an entfernten orten des universums gab es noch filmtheater.

Er dachte lange an Uncle Jules, den überlebenskünstler, er wird vorgesorgt haben, dass ihm von der *Themis* keine gefahr drohte. Wusste aber auch zu wenig über die wahren gesellschaftlichen verhältnissen der welten von *Omega24*.

Erst viel später, in gedanken an den lang entbehrten besuch im *Divin' Duck,* war er abgelenkt und schlief endlich ein.

Eine fußnote:
Dem lektorat des parmenides publishing verlags fällt auf, dass dieses werkes herkömmlich vertraute lebenswelt des »speakers«, deutlich etliche jahrzehnte vor dem beginn dieser niederschrift liegen dürfte. Also sind sind auch manche ungereimtheiten nicht unbedingt auf die goldwaage zu legen, misst diese doch nur quantitäten, bliebe zur wahrung der offenheit auch, das mal zu überschlafen, nicht verkehrt zuvor ein lesezeichen einzulegen, oder ganz von vorne anfangen.

auch das noch: paralleluniversen?
geht's nicht ne' nummer kleiner?

Der tag noch jung, vom schlaf in seine obhut gegeben, mit aufgeräumtem kopf, dank reinigender träume, unermüdlich der entrümpelung und durchlüftung seines oberstübchens gewidmet, nun ans fenster der dachterrasse getreten, erste gedankenfäden tasten sich hinaus die welt, schweifender blick ins ferne, hinweg über die baumkronen des parks.
Im im tiefen blau vereinzelt wattige wolken, träge und in auflösung begriffen. Aus dem radio in der küche schwirrten Messiaens vogelgesänge durch den raum.

Er öffnete die fenstertür, das vogelkonzert wurde von draußen mit unzähligen stimmen verstärkt und verdichtet, und so schwebte er auf den klängen, die sich in spiraligen wellenkreisen weit über die sphäre des planeten hinaus ausbreiteten. Das universum schien erfüllt von diesem nicht nachlassenden lobgesang einer schöpfung, jenseits des zugriffs seines verstandes.

Dann rief ihn der radiosprecher zurück an den futtertrog der nachrichtenabfälle täglicher hofberichte, die zeugnisse der torheit so mancher regierender, eher dazu bestimmt, seinen magen empfindlich zu malträtieren.
Eine schwemme beunruhigender, schlechter nachrichten, in regelmäßigen wiederholungen, deren konsumierung einer zielstrebigen mordabsicht an den rundfunkhörern gleich kam.
Es gelang ihm nicht, rechtzeitig den radioton zu drosseln, da war der sprecher schon bei den wetterprognosen angelangt, doch dies machte ihn hellwach.
Vom genannten tagesdatum dieser hochsommerlichen tage zurückgerechnet, war er auf seiner odyssee nur drei tage irdischer ortszeit unterwegs gewesen.

Wie passte das zu der tatsache seines längeren ausflugs in den *unendlichen weiten des weltraums*, gleichfalls, dass nach so kurzer abwesenheit im park die gaslaternen von elektrischen ersetzt worden waren?

Hatte er nicht den selben park schon erlebt, mit kunstrasen und androiden, die hunde gassi führten und untrüglich verstanden fremde als aliens zu entlarven?
Immerhin, im briefkasten hatte er keine kündigung seiner gemieteten wohnetage vorgefunden.

An einem weiteren nächsten morgen wurde allerdings an der wohnungstür sturm geklingelt.
Ein uniformierter junger bote, irgend jemand musste ihn ins haus gelassen haben, hielt ihm drohend ein einschreiben entgegen, verlangte umgehend den erhalt quittiert zu bekommen.
Zum verdruss des burschen öffnete Argo bedächtig den umschlag und las alles sorgfältig durch.
Wegen eines verstoßes gegen die pflicht ständiger erreichbarkeit würde ihm diese dritte und letzte mahnung kostenpflichtig zugestellt. Sein identifikationsmodul sei weiterhin nicht lokalisierbar, er habe sich wiederholt der *online-meinungs-stimmabgabe* entzogen.

Misstrauisch beäugte der bote seinen gegenüber, bis er nicht mehr an sich halten konnte.
"Ich mache sie darauf aufmerksam, kehre ich ohne ihre bestätigung des empfangs zurück, mir nichts, dir nichts wird man sie als unangepassten *gefährder* einstufen."

Das hat keinen guten klang, dachte Argo, quittierte den empfang, und kaum geschehen, stürzte der botenjunge die treppe hinunter, lauthals schimpfend.
"Die höhe, von einem solchen untoten zombie mir die zeit stehlen zu lassen, senil bis zum stillstand und läuft noch frei herum, ein schandfleck auf unseren doch so glücklichen zeiten!"

Seine zeit konnte das nicht sein, soviel war klar.

In der *Schönen Neuen Welt*? Dann dürfte dieser bursche unter entzug vom *Soma* leiden. Der bisher entfernteste verdacht, seine reisen könnten ihn in paralleluniversen umherirren lassen, scheint im moment das naheliegendste.

"Was kümmert das meinen dschinn", spöttelte er voller selbstironie, hakte damit diesen morgendlichen vorfall ab.

Seine wiedererlangte gelassenheit wurde erneut gestört, aber diesmal auf sanftere art.
Die metallene, hohle halbkugelförmige abdeckung seines *grinders*, aus der die kurbel herausragte, gab einen hellen glockenklang von sich.

Sollte *er* es sein, der sich erstmals bemerkbar macht, oder vergrößerte sich nur das parlament multipler *ichs*? In seltenen momenten vermeinte Argo zwar des dschinns anwesenheit zu spüren, gleich einer gedankenübertragung, oder wie in brenzligen situationen es angebracht war, auf die innere stimme zu hören, wenn sie denn rechtzeitig zur stelle war.
Die nötige zeit, durch *try and error* voran zu kommen, war ja selten ausreichend gegeben.
Das theorem des schreibmaschine tippenden affen, der bei endlosem einhämmern auf die tasten zu guter letzt sogar Hamlets monolog über *sein oder nichtsein* zu papier brächte, übersah, dieses experiment fände mit dem verlöschen der sterne sein vorzeitiges ende.

Es war tatsächlich der dschinn, der sich mit diesem geläute aufmerksamkeit erbat, und tatsächlich war die folgende rede kein innerer monolog Argos:

"Meister, es wird mir fast unmöglich, einem ihrer gedanken auf den grund zu gehen. Was sie p*arallelwelten* nennen, es könnte sich als konstrukt der abstraktion mathematischer logik erweisen, die welt im zweiwertigen denken erklärt.
Nicht zu vergessen, die *Themis* ist dessen wenig erbauliches geschöpf. Habe meine verbindungen, weise mönche aus der hohen zeit des Chan werden mir helfen. Mag ihnen, meister,

wenig sagen, die aber hatten früh erkannt, mit den namen für die dinge zersplitterte alle wahrnehmung in das dilemma unterschiedlichster horizonte."
Diese lange ansprache verschlug Argo die sprache. Wie alt mochte der dschinn sein? Alt genug, um auch schon dem *ritter von dem löwen* beigestanden zu haben, zu verhindern dass alles nicht noch viel schlimmer kam, und eben genau dieser gedanke beruhigte ihn wieder.

"Meister, beweist der *ritter von der traurigen gestalt* nicht auf lehrreiche weise in welcher vielgestalt das phänomen der parallelwelten oder universen sich immer wieder neu entfalten kann? Was ihr menschen für realität haltet, wird in seinen konsequenzen natürlich immer auch folgen zeitigen, manche verheerende, das postulat der macht des geldes."

absacker im »Divin' Duck«

Hatte meinen blick wieder auf die zur welt nötigen distanz justiert, sogenannten wahrheiten wieder mit der offenheit des unwissenden zu begegnen.
So machte ich mich auf den weg.
Divin' Duck, here I come

War's bangigkeit vor unbekanntem und die sehnsucht nach schützender ordnung, der büchse der Pandora, der auch die *Themis* entsprang? Ebenso anmaßend die vorstellung, alle ereignisse, im nahen oder allerfernsten, wären aufs engste einander verwoben.
Meine füße in Hermes' geflügelten schuhen.
Divin' Duck, here I come

Das sophistisch betriebene denkbild vom sack reis, der in china umkippt und angeblich auslöser für ein erdbeben in Chile sein könne, das bleibt ein müdes gedankenspiel am versiegenden horizont der vorstellung eines mechanistischen uhrwerkuniversums.

Divin' Duck, here I come
so schwebte ich über den dingen.

Die ungewohnte beredsamkeit des dschinn hatte mich der welt versöhnt. Wenn auch ohne ritterschlag in den stand eines irrenden *citoyen universel* erhoben, nahm ich das liebend gerne an, ein zum feiern willkommener anlass.
"Oh, ich werde diskret bleiben", wieder die stimme des dschinn, "kurzum, wie's aussieht, auch künftig werden unserer reiseziele realitäten, wie ja längst angewöhnt, von nur vage bestimmbaren wahrscheinlichkeiten geprägt, denk dran, hat doch auch vorteile."
"Dein wort in mein ohr."
"In aller vorsicht gesagt, Ihre vorstellung, es gäbe jedesmal ein zurück zu vertrautem, wie tiefkühlkost mal soeben aufgetaut und aufgewärmt, keine prämisse für das reisen durch die raumzeiten."

"Schon gut, die zukunft ist unscharf, vergangenes schmeckt schal, wenn's also mehr nicht ist", ergänzte ich mit abgeklärter coolness, "aber ich danke dir, mein freund."

Hatte ihn vertraulich geduzt, meinen spiritus rector, der mir nun hochprozentige wahrheiten einschenkte.
Wusste wenigstens, wenn's drauf ankäme, er würde mich auch durch vier, fünf und mehr dimensionen navigieren.
Versuchte mir solche räume wie manche raffiniert gefalteten origami vorzustellen, kreiert aus einem zweidimensionalen blatt papier, doch war mein vorstellungsvermögen davon gänzlich überfordert.

Divin' Duck, da bin ich!

Ein noch früher abend, nur wenige gäste anwesend, nahm wie gewohnt gleich an der theke platz.
Als wäre ich zuletzt gestern hier gewesen, ein vertrauter gruß des barmanns, der mir sogleich ein pint malzigen Guinness zapfen wollte, ich aber winkte rechtzeitig ab, bestellte einen doppelten Scotch auf eis.
"*John Barleycorn must die* - seine haut abstreifen", prostete im stillen meinem freund Uncle Jules zu.
"If the river was whisky, and I was a divin' duck, was a divin' duck ...", summte das vor mich hin, als hinter mir in

atemspürbarer nähe, eine weibliche stimme sanft flüsternd das lied aufnahm:
"I'd dive to the bottom, I'd never come up, never come up."

Betont langsam blickte ich von meinem glas auf.
"Überraschung!"
Allerdings! hielt aber eine sprachlosigkeit ich gut versteckt, vor mir, freimütig lächelnd, die materialisierte übersinnliche, meeresschaum geborene sekretärin des patentanwaltes.

Ein wohlgestalteter blonder jüngling in begleitung, blass, wie abwesend, gleichgültiges desinteresse bekundend.

Die in meinen ohren immer noch klingelnde *überraschung* nahm neben mir platz, ihr begleiter lustlos auf dem barhocker an ihrer anderen seite.
Sie fragte ihn, was sie ihm bestellen sollte.
"Das, was der alte da trinkt."
Dabei nicht einmal aufgeblickt.
Sie orderte zwei sekt und für ihren freund einen Scotch, reichte mir dann eines der sektgläser.
"Also, auf unser glückliches wiedersehen."
Wir stießen an, unsere blicke versuchten tastend einander zu erforschen.

Wie ihr gefährte das nun alles aufnehmen dürfte? War kein freund der konfrontation mit mir absolut überflüssig und närrisch erscheinenden emotionalen verwicklungen.

"Neuigkeiten", sie untebrach meine gedanken, "eigentlich auch keine, denn der patentanwalt gilt nun schon sehr lange als verschollen. Die türen der kanzlei versiegelt, vermutet wird ein verbrechen, entführung oder so, immer noch unaufgeklärt.
Kurz gesagt, ich arbeite jetzt bei einem psychiater", sie nickte zur anderen seite, "er ist einer der patienten die einfach zu viel geld haben. Etwas abgedreht, aber ein wundervoll süßer junge."
Mir wurde unbehaglich. "Keine sorge", sie lächelte, "er ist pflegeleicht."
"Wie darf ich das verstehen?"

"Der gute ist überzeugt davon, dass seine unveräußerliche identität eine digital virtuelle sei. Unter unseresgleichen begibt er sich in die rolle eines der ihm unzählig möglichen »avatare«, je nach art des abenteuers oder vergnügen, so sagt er. Für mich ist er der Alex."

"Sieht aber nicht so aus, als amüsierte er sich."
Eingestanden, ein weitgefasster begriff, bin wohl nicht auf der höhe der zeit, hob mein glas, beugte mich nach vorne ihren freund wenigstens begrüßt zu haben.
"Zum wohl Alex."
Auf seine art sicher gut meinend, "zum wohl, alter."
Wandte sich sofort wieder seiner abwesenheit zu.

Bald stand er auf und drängelte sich durch die inzwischen zahlreich stehenden gäste hinter uns.

"Er muss wohl mal für kleine jungs", erklärte meine wiedererstandene aphrodite.

"Wieso, auch avatare müssen aufs klo?" fragte ich.
"Er ist realer, als er glaubt, das kann ich bestätigen. Für ihn ist das hier ein spiel, und sie, mein freund, sind ihm nur eine analoge person, pardon, die der tod vergessen hat."

"Bemerkenswert aufrichtig. Aber Ihre anwesenheit weckt meine lebensgeister, also auf unser wiedersehen. Ich bin hier und da als monsieur Argo bekannt."
"Auf ihrer anmeldung vor einiger zeit in der kanzlei, stand ein anderer name, aber was soll's, unter uns, mein name ist Lucy Haven, wohlgemerkt herr Argo, nicht heaven."

Die sektgläser waren schnell geleert, Lucy bestellte gleich zwei weitere, und danach wechselten wir zu doppelten whiskys, was mir lieber war.

Alex hatte längst wieder mit seiner teilnahmslosen miene gelassen und cool seinen platz eingenommen.

Zeit innezuhalten. Diese situation gehörte zu denen, deren weiterer verlauf sich der erinnerung mehr und mehr

entzieht, ein ungebrochenes hier und jetzt, das sich niemals nahtlos in fortlaufender kontinuität verweben ließe.
Dem sperrigen webstuhl des zeitempfindes fehlt die präzision einer Jacquardmaschiene. Der eigenen wirklichkeit wird es immer an einer zu verallgemeinernden objektivität mangeln. Gut so, wir brauchen die künste.

Dieser abend trug uns auf flügeln, federleicht, voller übermut durch zeitvergessene regionen, die ihr geheimnis zu hüten wissen.
Bald stellte der barmann die ganze flasche Scotch auf die theke. Tranken auf das *du,* auf die geschwisterschaft, der ganze selbstverständliche lauf der dinge.
Als helden *für dime novels* wären wir mit unser beider etwas zu unbürgerlicher chemie leider keine romantischen vorbilder. Die deutsche sprache kennt zwar den bourgeois, hat keinen begriff für den citoyen, doch immerhin den des weltbürgers und kosmopoliten.
Zu guter letzt am taxistand, *spaced out* in der frischen nachtluft, adieus, küsschen, noch ungesagtes drängt zu seinem recht, bis der unverdrossen gelangweilte Alex den abschied mit ihm eigener lakonischer bemerkung würzte.
"Dann gute nacht alter, warum nicht morgen früh einfach mal vergessen, wieder wach zu werden?"
Dieser junge hatte es drauf.
"Von einem avatar geweckt zu werden, wäre mir wohl ein größerer alptraum."
Hatte mühe die senkrechte zu halten.
Lucy schmunzelte und schubste ihren Alex in das taxi, worauf ich mich langsam tastend auf den weg durch die nächtlichen straßen aufmachte ... filmriss.

Überfällig geworden, der ghost-narrator übernimmt jetzt die aufgabe, diese episode zu einem abschluss zu bringen.

Unseres sternenreisenden gedächtnis hatte sich zu dieser späten stunde längst verabschiedet. Mit einer niederschrift seiner erinnerungen an den heimweg, hätte er sich in reine fiktion flüchten müssen, mit zerschneiden des textes, erneutem kreativen zusammenfügen, so wäre das dem zustand seines gedächtnisses noch am glaubhaftesten nahe gekommen, aber ungeeignet die immer noch geneigten leser über dieses defizit hinwegzutäuschen.

Dass außer ihm niemand mehr zu dieser nachtzeit noch zu fuß unterwegs war, entging seiner bedachtsamkeit einen schritt vor den nächsten zu setzen, und damit war er reichlich beschäftigt.

Noch schwärmten taxis in alle richtungen, gelegentlich fuhr eine langsam neben ihm her, der fahrer erhoffte sich wohl einen kunden, gab's doch bald auf.

Ein andermal begleitet ihn ein polizeilicher streifenwagen im schritttempo, bis die beamten ihr interesse an diesem seltsamen nachtwandler verloren hatten und die straßen endgültig schwiegen.

Keine nachtschwärmer, die gleich ihm schwierigkeit hatten den kurs nach hause zu halten. Stille – nur in der höhe der spärlicher werdenden straßenlaternen umschwirrten noch nachtfalter mit knisternden geräuschen das licht. Das waren seine letzten zeugen einer belebten welt.
Bis auch dieses licht einem gefrorenen dämmer wich, keine häuserschatten, nur ein sternenhimmel mit mond hing kraftlos über der stadt. Alles zeitliche war, in seltsamer starre verebbt. Eine kullissenhaftigkeit des stadtraumes, auf's wesentliche reduziert, linear umrissen, ansichten in denen außer ihm, jegliche belebung vergessen worden war.

Dass er überhaupt noch boden unter den füßen spürte, bewegte er sich doch eher wie durch labyrinthe eines ruckeligen computerspiels, der in manchen kneipen und bars, neben flippergeräte aufgestellten digitalen *pac-man* spielekonsolen.

Erst als er in die straße einbog, die eine längere strecke am rand des parks entlang führte, begrüßten ihn elektrische leuchten an der straßenseite der häuserfront, so als warteten sie geduldig auf den heimkehrer.

"Das licht der gaslaternen erschien mir wärmer."

Besser nicht das hier und jetzt von erinnerungen ins gebet nehmen lassen, sie sind verklärend aber auch streitlustig, und statt sich von ablenkenden eröterungen einfangen zu lassen, sagte er sich "wu-wei", den dingen ihre autonomen rechte lassen.

Auch subtilere nächtliche geräusche umgaben ihn wieder, es dürfte geregnet haben, am rinnstein, unter den gullys hörte er die kanalisation gluckern, irgendwo hatten katzen miteinander zoff, in einem haus wurde hörbar ein fenster aus unmut über diese störung geschlossen, und dann empfing ihn endlich wieder die vertraute welt seines betagten mietshauses.

In der wohnung hatten sich keine veränderungen vollzogen. Bücherregale, kochecke, stuhl, die mit literatur und tusche utensilien bepackten tische, das leichthin gemachte bett, diese räume verweigerten offensichtlich, sich dem theorem der paralleluniversen zu unterwerfen.

"Privacy is my castle", dachte er, "nukleus des universums. Wenn von hier aus der nächste »big bang« sich ereignete, würde er den glatt verschlafen."
Für den rest der nacht nahm er diesen gedanken mit in seine wohligen träume.

leseempfehlung des herausgebers

Sollte ein, von wohlwollender aufmerksamkeit gestimmter leser, insgeheim gehegte erwartungen an dramatik und packenden handlungen dann doch unerfüllt sehen, das interesse nachlassen, auslaufender meeresbrandung gleich, die auch erst allmählich im sande abebbt und versickert, da bittet der herausgeber um nachsicht.

Eingedenk unser aller höchst verständlicher kapitulation vor den *literarischen* herausforderungen unseres lesens von medikamenten-beipackzetteln, nun an dieser stelle die bitte, aus solcher lektüre den einen guten rat beherzigen, aus den *risiken und nebenwirkungen*, es lässt sich immer eine verträglichere und verdaulichere lektüre finden.

Im weiteren eine empfehlung, den unglauben, genährt und gefestigt aus der fülle unserer erfahrungen, den kritischen vorbehalt unzureichender begründbarkeit, ausnahmsweise hintenan zu stellen, aus freiem willen, zugunsten der merkwürdigkeiten der fabel und fiktion, sich den flügeln der inspiration anzuvertrauen und nicht weiter über den, aus überzeugung herbeigewälzten *naturalistischen prüfstein* zu stolpern. Wirklichkeit findet sich in allem, sogar in diesem völlig unzuverlässigen erzählen.

Viele künstler wissen ein lied davon zu singen, schichten der wirklichkeit, zahllose zwiebelringe verweigern eindeutigkeit.

Der vermeintliche rettungsanker *Identität* gibt im treibsand der zeit keinen halt, selbsttäuschung, *was nicht sein darf,* das fremde, dem eigenen blick ausgeschlossen.

Vom chinesischen landschaftsmaler Ni Tsan ist bekannt, dass er auf die kritik angesichts eines von ihm im alkoholrausch gemalten bildes, es sei unrealistisch, erwiderte:
"Ja, aber ein völliger mangel an ähnlichkeit ist schwer zu erreichen, das ist nicht jedem gegeben."

weitere erörterungen
zwischen dschinn und seinem meister

"Erstaunlich, dieser verleger", bemerkt der dschinn, "trotz des beschränkten gesichtsfelds seines brunnenrands."
"Er hat sich eben einen wachen sinn für das naheliegende bewahrt."
"Das naheliegende für einen verleger dürfte eher das mästen seines portjuchhes sein, alles was massentauglich ist, adelt die geschäfte."
"Die große menge als neue adelskaste?"
"Bringt die ezit mit sich, klammheimlich. Früher laster der adeligen, heute tugenden der großen menge."
"Interessant, was einen dschinn alles so beschäftigt."
"Bleibt nicht aus", klingt wie ein seufzer, "deinen gedanken mittlerweile unentrinnbar vertraut, gezwungenermaßen, oft holterdiepolter, mehr als genug zu tun, doch sei versichert, hake niemanden als hoffnungslos ab."

"Danke, ein trostpflaster auf meinem gebeutelten ego. Und War's nicht deine entscheidung sich darauf einzulassen, damals auf dem flohmarkt?"
"Vielleicht einen floh ins ohr gesetzt oder nicht, der alte bildete sich ein, hätte mich nur in kommission genommen, aber das ist eine andere geschichte."
"Sieh' an, mal etwas aus deiner vergangenheit, vom regen in die traufe geraten, wie?"

"Meine wahl, spitz auf knopf, harte arbeit, eines dschinn eigentlich unwürdig, dich auf den geschmack zu bringen. Wer außer dir, träumt denn nicht davon, mal wünsche frei zu haben?"
"Kenne ich. In märchen sind es drei, den schuldschein gibt's dann frei."
"Unsere übereinkunft ist frei von solchen tücken, meister, das weißt du genau."
"Danke auch, dein gespür für das besondere aroma der bücher deiner wahl, mir hin und wieder zugesteckt, ist einfach vortrefflich."

"Wären wir wieder bei autoren und verlegern. An wessen wirklichkeit liegt ihnen mehr, der unseren oder doch der, des leserpublikums?"
"Die sind schon auf unserer seite, wünschen sich aber einen leser der sich nicht einreden lässt, hinter dem zeitgeist gäbe es keine anderen horizonte zu entdecken."
"Auch zeitloses? Warum sagen sie nicht gleich, was ihr hier lest ist fabel, parabel, gleichnis, beispiel, vorspiel nach ..."

"Na, gehen mit dir die pferde durch? Stell dir vor, ich wäre autor, aus dem leben eines pazifisten, welche häme ergösse sich über uns, gilt doch heute aller applaus dem empörer. Und wem hilft das? Im streit ist die wahrheit blockiert."

"Na, na!" unterbricht der dschinn, "feiere deine vernunft nicht vor dem abend."
"Bin ich nicht alt genug um das sagen zu dürfen?"
"Alter schützt nicht vor jugendtorheit. Deine haltung in ehren, taugt aber nicht als tarnkappe."
"Tarnen war im militärdienst teil des lernstoffs, hilfreich, und in die büsche schlagen war mir die beste tarnung. Bin außerdem nun mal kein waghals."
"Wenn ich's nun aber wäre, im wörtlichen sinn?"
"Was willst du mir jetzt beibringen?"
"Denk an die Cheshire Cat, erst recht wäre kein henker je in der lage, an mir, gleich welches urteil, zu vollstrecken."

"Großartig, du riskierst nichts, habe verstanden, keine gute aussicht für mich, bleibst grinsend über den narreteien menschlicher unvernunft im nirgendwo schweben."
"Riskiere dich, meister, bleibst doch meine verpflichtung, eine art unterpfand, das wiegt schwer."

"Unterpfand? Das bliebe erklärungsbedürftig. Aber was, wir reden um den heißen brei, du hast eine rechnung mit der *Themis* offen, deine privatfehde so scheint's, tatsächlich ein waghals, doch weißt du von anbeginn, bin ein müßiggänger, kein held der sich beweisen will."
"Wenn du meinst ich müsste einwände haben - falsch - ich bin voll und ganz einverstanden."

einst auf einem kleinen planeten II

Der indische gaukler Arun Ahimsa, hatte sich im Kashmirtal einer handelskarawane angeschlossen, auf die lange reise richtung osten, den beschwerlichen weg durch das gebirge bis nach China vor sich.
Zu füssen einer vielzahl von eis und schnee gekrönten, ringsum versammelten riesenhäupter, unter diesem ewigen *dach der welt,* durch endlos ansteigende täler, über enge und steile pässe zogen mensch und tier ihre eintönige vergängliche spur.

Eines nachmittags nutzte Arun Ahimsa die früh für den tag eingelegte rast, gedachte, zur erholung sich einer müßigen wanderung zu ergehen.

Vom lager aus führte ihn sein weg entlang eines munter plätschernden gebirgsbachs, der durch die hochebene mäanderte und aus einem nahen, gemächlich ansteigendem lichten waldgebiet heraustrat.

Das geäst der lärchen, fichten und kiefern durchflirrende, heiter tanzende sonnenlicht und der allgegenwärtig angeregte vogelsang, malten eine wohltuendes idyll, in das der wanderer verträumt eintauchte.

Bis zu einem, dem rahmen seiner betrachtung unvermittelt sich entziehendem anblick, seinen augen nicht mehr trauen wollte und ungläubig stehen bleibt.
Vor ihm, auf einer lichtung, wie auf wolken gebettet, schwebte eine struppige gestalt, regungslos, offensichtlich schlafend.
Der Inder nähert sich vorsichtig der gedrungenen, fast koboldhaften gestalt, andererseits doch recht zivil erscheinend, in grünem indischen baumwollpyjama gekleidet. Das wesen war durchaus wach, denn dieses blinzelt dem näher kommenden arglos und freundlich entgegen.

Nun sind unserem gaukler gewisse arten feindseliger abwehrinstinkte fremd, wie angriff und allenfalls danach gnade walten lassen, stand sein name doch für friedfertigkeit, und so störte kein beiderseitiges misstrauen diese unerwartet seltsame begegnung.
Die gestalt sank langsam zu boden, richtete sich auf und verneigte sich leicht vor dem ankömmling, als wär's sein gast, und murmelte ein verschlafenes "willkommen."

"Ein vollendeter hausherr", dachte Arun Ahimsa, sah in die wachen augen dieses kobolds, ein etwas breitmäuliges gesicht mit eingedrückter nase, schlicht, die gutmütigkeit in person. Manche würden solches eher ausdruck von dummheit deuten, der gaukler aber war zu zu welterfahren und zu gewitzt, als solchem hochmut zu verfallen.

"Ganz meinerseits", erwidert der Inder und fragt sich ob er nicht doch träumte, wie ist das nur möglich?
In seinem metier gehörten täuschungen zum geschäft, verstand er bestens seine zuhörer in phantastische geschichten einzuwickeln, sie zwischendurch mit manchem zauber zu überraschen, all das beruhte auf ablenkung und trübung der aufmerksamkeit seines publikums.

"Traf ich dich nicht eben noch in der luft schwebend an?"

"Das wird schon so sein, auf diese weise krabbeln mir keine käfer und ameisen in die falten meines pyjamas, können mich nicht zwicken und meinen schlaf stören. Liebe meine ruhe."

"Aber wie machst du das, so ausdauernd liegend, frei über dem boden zu schweben?"
"Mag sein dass ich das mal üben musste, ist mir aber längst zur gewohnheit geworden."

Arun Ahimsa ahnt, so kommt er nicht an das geheimnis, lässt er sich selber ja auch nicht gerne ausfragen. Also wechselt er das thema.

"Hast du schon mal von China gehört?"

"Wer hat nicht davon gehört? Das land in dem es bunt bestickte pyjamas aus seide geben soll, wo man in sänften durch die straßen, über plätze und parks getragen wird, auf samtbezogenen weichen kissen ruht."

"Na, na, da kommt's wohl drauf an wer man ist, solches glück haben nur wenige. Aber meine karawane zieht morgen nach China weiter."
"Oh, gefiele mir mitzukommen. Muss aber erst noch meinen freund fragen."
"Wo finden wir ihn?"
"Er hat schon ja gesagt."
"Anerkennung, du hast es ganz schön hinter den ohren, doch gefällt's mir. Ich nenne mich Arun Ahimsa."

Der kobold klopft seinen pyjama glatt und reicht dem gaukler seine hand.
"Nenne du mich einfach Sh'rat. Aber wo ist deine sänfte?"
"Die karawane lagert am waldrand, für uns nur ein kurzer bequemer fußweg."

So wandern beide einmütig zum lager zurück, entlang des ihnen allerlei geheimnisse zuraunenden gewässers, über weiches grünes moos und laubgepolstertem waldboden.

"Ja mein freund hat mir viel von China erzählt."
"Solltest du dich nicht von ihm verabschieden?"
"Warum, er kommt doch mit."

Arun Ahimsa bleibt verdutzt stehen und blickt um sich.
Den Sh'rat amüsiert das.
"Keine umstände, wir müssen nicht auf ihn warten. Er zeigt sich nicht gerne."
Sie gehen schweigend weiter.

"Na ja", seufzt der gaukler im stillen, "wenn's auch ein querkopf zu sein scheint, rein äußerlich ist dieser kobold schon eine bereicherung für mein programm."

Er reiste mit drei wohl bepackten maultieren und im lager angekommen, zauberte er für seinen neuen begleiter aus seinen requisiten als erstes einen turban hervor, was den Sh'rat gleich größer und stattlicher aussehen ließ.

Den kaufleuten und ihrem gefolge, den söldnern und manchen sonstigen abenteurern, war das *fahrende volk* etwas sonderlich und suspekt, zerstrittene gefühle, dann doch wie verflogen, sobald der gaukler seine erzähl- und sonstigen künste darbot, sie ins zeitlose reich der fantasie entführte.

Nur anfangs betrübte es Arun Ahimsa, dass der Sh'rat seinen schwebetrick nicht zur schau stellte.
Während seiner stehgreif erzählungen döste sein begleiter neben ihm, aber rechtzeitig, zum üblichen guten ende der märchen, verlautete dieser ein schlichtes "wu-wei", was einer besonderen heiterkeit beitrug, auch wenn alle vergeblich darauf warteten, was der Sh'rat denn nun weiter zu sagen hatte.
Der aber nahm sogleich sein nickerchen wieder auf, während der Inder seinen erzählfaden wieder aufgriff und weitersponn.
Manche hatten den eindruck, der schlafmützige begleiter schwebte gelegentlich sogar leicht über dem boden, aber keiner erwähnte das, wollte doch niemand von den anderen ausgelacht werden.

Viele beschwerliche reisewochen vergingen, für den Sh'rat auf seinem maulesel reichlich zeit, sein tägliches schlafpensum zu absolvieren.
So trottete die karawane langsam in die ersten chinesischen provinzen ein. Längst genoss der Sh'rat allerseits den ruf als Sahib Wu-wei.

Ein daoistischer mönch befand sich im chinesischen publikum, das sich an einem abend in der provinz Sechuan um den indischen gaukler und märchenerzähler scharte und war von den sparsam pointierten anmerkungen des ansonsten regungslos verharrenden Sh'rat ungemein angetan.

Der mönch führte anschließend ein langes gespräch mit Arun Ahimsa.

"Gerne würde ich Sahib Wu-wei meiner klostergemeinschaft vorstellen, sollte er bereit sein mit mir zu kommen."

"Er ist mir ans herz gewachsen, hat mir in vielerlei hinsicht geholfen mich vom wahn ehrgeiziger ziele zu befreien, das korsett hochfliegender träume abzulegen. Jetzt bin ich hellwach, liebe mein metier inniger als je zuvor, ein gewinn den ich ihm verdanke. Die sternensaat des erzählens, wenn meine einfälle denn gut waren, wird auch ohne mein zutun fader zaubertricks aufgehen, mehr oder weniger, schlicht gesagt, wu-wei."

"Das ist ein kluge rede, den erzähler Arun Ahimsa werde ich so in bester in erinnerung behalten."

"Da ist noch was anderes. Der Sh'rat hat umgang mit einen unsichtbaren freund, immer in seiner nähe. Ich nenn' es lieber eine innere stimme die ihm lebendig geblieben ist, irgendwie seinsvergessen."

"Andere habe mir gesagt sie hielten ihn für ein schlafmütze. Aber das mit seiner inneren stimme freut mich, ich hatte nichts anderes erwartet."

So kam es, der Sh'rat und sein indischer gauklerfreund hatten voneinander herzlichen abschied genommen, dass er mit dem ortskundigen mönch zum mehrwöchigen fussweg aufbrach, diesen aber wie im nu zurücklegten, hatte wohl doch ein dschinn seine hand im spiel, jedenfalls war der mönch überglücklich wie schnell und behend sie am ziel eintrafen, in der südlichen provinz Kwangtung in einem entlegene kloster, im Tsau-Tal gelegen, vom vorsteher willkommen geheißen.

Dieser, ein ehrwürdiger alter, stellte sich als pilger Lu vor.
"Wu wei" erwiderte der Sh'rat.

Der vorsteher wandte sich an den mönch, "sag mir, mein freund, was hast du vorzubringen?"

"Eine eher bescheidene frage", erwiderte dieser zögerlich, "was ist der sinn?"

"Vortrefflich, wie konnte ich's vergessen, höchste zeit dass ihr beide erst einmal im refektorium eine stärkung zu euch nehmt."

Ein mönch erschien wie gerufen, entführte die beiden pilger in den speisesaal.
Die lebensgeister gewannen schnell oberhand, speise und trank linderten auch den hunger nach antworten, überschwemmten die tiefsten fragen mit mit einer seligen flut des hierseins, und als der Sh'rat seinem begleiter zuprostete, entgegnete dieser, sichtlich wohl gelaunt,
"ist schon verrückt, wollte ich doch mit dir beim vorsteher eindruck machen. Soll mir eine lehre sein, hab's wohl verdient, fremde federn geben keinen schmuck."

"Verrückt heißt doch nur von hier nach da, *nichts ist mehr als ichts*. Nichts und eins ist keins und zwei macht drei, und nichts ist immer noch dabei, wu-wei."

Einen so langen gedanklichen exkurs hatte der kleine plattnasige noch nie von sich gegeben.

Fast mahnend klang die leise stimme seines unsichtbaren freundes an sein ohr,
"lass es damit gut sein, mein lieber. Machst du so weiter wird dir noch die die robe des magisters angetragen. Wäre dir viel zu schwer. Im pyjama reist es sich besser, machen wir uns alsbald wieder auf den weg?"

"Ich hab's nicht eilig, die leute hier gefallen mir, sitzen viel auf dem boden herum, schweigsam, zum schlafen etwas unbequem, ihre angelegenheit, dagegen, die stille und wundervoll klare luft dieses ortes ist mir ein willkommenes traumelixier, was will ich mehr, wu-wei."

ein redaktionelles nachspiel

Argo hatte sein kommen angemeldet, wünschte im verlag den autor zu sprechen.
"Es gibt einiges zu klären", hatte er dem Kleinen Tellerrand telefonisch mitgeteilt und wurde nun im büro erwartet.

"Da ist ja unser weitgereister held", empfing ihn der autor. Der ließ sich nicht ausbremsen, kam sofort auf den punkt.

"Hatte mich damit arrangiert, dass mir der ghost-narrator zur seite gestellt wurde, aber nun wurde diesen Sh'rat hinzu gemogelt, dem kann ich nicht so recht folgen."
"Dafür halte noch immer ich den kopf hin", erwiderte der autor.
Auch der Brunnenfrosch blickt Argo fragend an.
"Was soll der lärm? Gelegentliche intermezzi, dem leser und gleichfalls dir zur erholung von den wirrnissen deiner selbstfindungen."

"Da ist aber noch was anderes. Ihr zaubert also eine art elementares naturwesen aus dem hut, eine struppelige gestalt, im ganzen wenig intelligent wirkende erscheinung, wortkarg, doch jede außerung gilt als essenz der weisheit, also ein alter ego zu meiner person?"

"Eifersüchtig? Ein philosophischer geist der anderen art, ist das nicht bemerkenswert?"
"Das mag ich nicht verhandeln, doch der springende punkt, diesen Sh'rat begleitet womöglich gleichfalls ein dschinn."

"Wahrscheinlich, wie wir inzwischen alle wissen, es gibt nicht wenige dieser guten geister. Möchtest du jetzt mit verbrettertem kopf die rolle des *einzigen*, übernehmen, soll ich dich *stirner* nennen?"
Argo zog es vor zu schweigen.

"Na also, diese *universal grinder* scheinen zwar eine fürs *Omega24* system typische erfindung zu sein, vielleicht ebenso viele technische entwicklungen durchlaufen, wie in unserer welt die schreibmaschine, und die praktischen reisemodelle, die generationen von schriftstellern und so vielen anderen klugen köpfen, unabhängigkeit ermöglichte, künstlersich notwendig subversive freiheiten - jetzt kommt das aber - die *grinder* dürften für die dschinn mit sicherheit keine notwendige erfindung gewesen sein."

"Daraus folgt", Argo nahm bereitwillig den faden auf, "ein dschinn könnte, wie im fall des Sh'rat, auch auf andere weise mit einem *meister* kooperieren?"
"Wir wissen's halt noch nicht."
"Wohl zu weit vorgeprescht, bedauere, also *zurück auf los*."

"Nichts wird unter den tisch gekehrt, und romanfiguren, die heiter scheitern, lösten sie die *kohlhaasen* dieser welt ab, wäre das nicht zu begrüßen?"
Der autor blickte hinüber zum Kleinen Tellerrand, der sich bisher rausgehalten hat, und nun gefordert war.

"Der mantel des listigen Odysseus ist unserem helden zu groß, da steht ihm doch die weltweisheit des *irrenden ritters von den löwen* besser zu gesicht."
Das hatte das gewicht eines letzten wortes.

"Nun zum angenehmen", der Brunnenfrosch wollte beide in verstocktem schweigen versunkenen erlösen.
"Auch ich genehmige mir gerne mal was geistiges, und wenn's kein Scotch oder Bourbon sein muss, eine exzellente Williams Birne dürfte es zur abwechslung doch auch tun, unseren brunnenfrieden wieder herzustellen."

Schließlich gesellte sich der von Argo biskang so gerne auf distanz gehaltene ghost-narrator, der stubenhocker hinzu, entwaffnend freundlich, ein verschmitzter geist.
Die runde erhielt einen weiteren, von inspiration und begeisterung getragen schub, versöhnung war angesagt.

"Auf den Sh'rat", prosteten übereinstimmend alle vier.

Nicht nur der brunnenfrieden, auch der burgfrieden des autors mit seinen eigensinnigen geschöpfen war gerettet.

android app-alarm

Aus dem wirbel des raumzeit transits, vom gewisper grüner klänge eines parks begrüßt, ein jedes mal efrischender empfang, nächst ergänzende sphäre des privaten, es fehlen leider nur bücherregale. Stelle mir das ideal einer parkbank vor, an drei seiten mit buchwänden umstellt.

"Richtig, meister", die stimme des dschinn erreichte mein wieder geerdetes bewußtsein, "in deiner manteltasche ein buch, zur eingewöhnung."
»Die Argonauten des Pazifik«.
Ja, wie viele male suchte ich schon eine, in dem buch vermisste auskunft, kaum möglich sie überlesen zu haben, längst bgonnen, zwischen den zeilen rätselnd, endlich zu erfahren wie denn diese gegenläufig zirkulierenden tauschwege der halsketten und armreifen, des *Kula,* im kreis beteiligter inselwelten über unfassbar weite räume des Pazifischen Ozeans, überhaupt geschlossen werden konnte.
Obendrein keine handelsware die getauscht wurde, nie bleibender persönlicher besitz, immer weitergereicht, mit legendären geschichten aufgeladene einzelne prachtstücke, kult, "wie die britischen kronjuwelen", so ein vergleich des autors und ethnologen.

Nach reichlich versonnener zeit stiller lektüre wurde ich von übermütig fröhlichen, sich nähernden kinderstimmen in die realitäten gegenwärtiger tatsachen zurückgeholt und legte das buch beiseite.

Von zwei erwachsenen begleitet, wohl ein klassenausflug, schwärmten kinder über die wiese, in alle richtungen, einige umkreisten aufgeregt eine nahe baumgruppe, blickten dabei angestrengt auf kleine handgeräte, diese ohne unterlass in verschiedensten richtungen haltend.

"Erste!" rief ein mädchen, "dies ist eine *schlitzblättrige buche.*"
"Neeee, das ist eine *zerreiche*", korrigierte ein anderes.

Verblüffend, welche detaillierten botanischen kenntnisse hier verkündet wurden, waren sich beide zwar uneins, bis dann ein kleiner junge, ganz dicht neben dem betreffenden baum stehend, voller stolz verkündete:

"Ihr dummen gänse, das ist ein *baumstamm.*"

Ganz in meiner nähe rief ein kind, "hier steht eine laterne", hielt sein gerät in richtung des gehwegs an dem ich auf meiner bank saß.
Dem folgte lautes geschrei von der wiese, "Sofie ist in einen hundehaufen getreten!"

Eine der beaufsichtigenden erwachsenen kam hinzu:
"Sofie, du träumst gerne, wissen wir. Besser aufpassen, mit dem *android* umsichtiger scannen, nicht nur in die wolken gucken."

"Sie scheinen sich gut zu amüsieren", eine stimme direkt neben mir, blickte zur seite, und ich erkannte einen sich nähernden parkwächter.
Müßig zu überlegen ob er mir bekannt vorkäme oder nicht. Von dieser art déjà vu hatte ich mich längst verabschiedet.

"Weiß nicht so recht", zögerte erst, "bin erstaunt, mit welchen fachkenntnissen die kinder zum teil aufwarten, abgesehen von baumstämmen, laternen und hundehaufen, fehlte nur noch, dass sie alles mit lateinischen namen klassifizierten."

"Könnten sie, diese auszusprechen, daran wird's den kleinen ganz bestimmt noch hapern. Sie üben sich in raumorientierung und gegenstandserkennung, natürlich allles noch recht unbeholfen, aber früh übt sich."

"Befleißigen sich heutzutage alle dieser seltsamen mode?"

"Das ist usus, zum glück in der lage mich da rauszuhalten,

doch eine mode ist das beileibe nicht. Wer bestehen will muss mithalten, ohne wenn und aber."
"Sie wirken als behagte ihnen das doch nicht so recht?"
"Ich erblickte das neben ihnen liegende buch, das hat mich ermutigt sie anzusprechen, hätte ich sonst nicht gewagt."

"Willkommen, freut mich ausdrücklich, mit parkwächtern stehe ich traditionell in bestem einvernehmen."
"Wissen sie, mein job ist teil der folklore, ein park ohne uniformierten wächter gäbe ein unvollständiges bild. Auch die neue zeit pflegt ihre sentimentalitäten, ist hier ein bisschen wie früher in einen zoogehege."

"Hätte nichts dagegen die besucher würden uns ein paar sandwiches rüber reichen."
"Sie wirken von den diesen realitäten nicht sonderlich bedrängt. Ihr erster eindruck, mir behagte das alles nicht so recht, stimmt, pflege meine distanz. Ein unbeschriebenes blatt in den staatlichen *profil-archiven*, durfte also meinen job behalten, mein vorteil, mehr privatheit und heimlich lesen können."

Inzwischen hielten sich einige kinder auf dem gehweg ganz in unserer nähe auf, sie hatten uns längst wahrgenommen.

"Keine sorge, in den geräten der kleinen ist der modus der gesichtserkennung noch nicht freigeschaltet."
Wollte mein gegenüber fragen was das bedeutete.
Da forderte einer der lehrer alle auf sich zu sammeln.
"Nun kinder, ich hoffe das gedächtnis eurer *android-apps* hat euch den park und die natur etwas vertraut gemacht, euch sicher navigiert, außer unserer verträumten Sofie, die nun aber auch was dazu gelernt hat. Jetzt lasst uns hier auf dem weg sammeln."

"Oh nein, lassen wir's für den moment gut sein", flüstere der wächter.
"Der mann ist ein *konditionierungassistent.* Ich verziehe mich besser und rate ihnen ebenfalls das weite zu suchen. Bis ein andermal und viel glück."

Tatsächlich versammelten sich alle nur wenige meter von mir entfernt.
Ein schüler kam näher, und eh ich' s begriff, seine neugierde galt dem buch. Es an mich nehmen und schnell verbergen war mir nicht mehr möglich.
Der junge beachtete mich ohnehin nicht, hatte im nu das buch aufgegriffen, trat zurück und wischte mit seinem daumen über den umschlag mit dem foto eines unter segel gesetzten und bemannten hochseekanus, als dies kind urplötzlich in ein entsetzliches gegreine ausbrach.

Der *konditionierungassistent* eilte hinzu.
"Das funktioniert nicht", schrie der kleine junge, es war derjenige der zuvor den baumstamm entdeckt hatte, gegen den er sonst womöglich gelaufen wäre.

Der lehrer zeigte sich irritiert das buch zu erblicken, richtete umgehend sein handgerät auf mich.
"Halten sie ein", rief ich, "die höflichkeit gebietet zumindest zu fragen, ob sie mich fotografieren dürfen."
Er starrte mich wie blöd an.
Dann panisch, völlig aufgebracht:
"Kinder, haltet abstand, diese person ist nicht registriert!"

Sein entsetzter blick entspannte sich ein wenig, wirkte erleichtert dass ich so gar nichts bedrohliches unternahm, als weiterhin ruhig da zu sitzen.

"Alles im griff", verkündete er lehrerhaft bestimmt, "der automatische *entsorgungsalarm* wurde ausglöst. Euch allen, unseren ausflug wunderbar abschließend, ein höhepunkt, ein praktisches beispiel, geeignet euch den würdigen ernst eurer schulung zu zeigen, der beste schutz für's richtige leben. Das gilt auch für unsere Sofie. Ja wo steckst du denn Sofie?"

"Hier bin ich doch", sagte das mädchen leise, hatte die ganze zeit hinter ihm gestanden und versucht, einen blick auf das buch zu erhaschen, das der lehrer seitlich fest in einer hand hielt und dabei in der anderen sein gerät dicht

vor der nase, unablässig darauf stierte, bis er als nächstes triumphierend ausrief:
"Sie kommen, sind schon am eingang des parks. Jetzt macht alle platz!"

"Ich übernehme", meldete sich der dschinn, "dies ist kein spaß mehr."
Schade, war ich doch so gebannt von dem was sich vor mir abspielte, wie gerne hätte ich den weiteren verlauf dieser lehrstunde zivilen gehorsams miterlebt, der gewöhnung an eine unsichtbare elektronische handfessel, wie sollte ich das anders bezeichnen?

Das buch war ich leider los. So wird es demnächst von den *entsorgungsspezialisten* als indiz einer aufzuklärenden verschwörung herhalten, künftig sein dasein in einer verstaubten reservatenkammer fristend, von meiner stillen hoffnung begleitet, jemand würde vielleicht in späteren zeiten es wagen heimlich darin zu lesen, vorausgesetzt, die reduzierung der wahrnehmung auf ikonische symbole und rudimentäre sprachkürzel virtueller kommunikation, lassen die fähigkeit herkömmlichen lesens nicht für alle zukunft rettungslos verkümmern.

Denke aber nicht. Auf lange sicht kommt's immer anders, jenseits dessen was der menge behagt, die tyrannei des zeitgeistes ist flüchtig.

Ach wie gut ist, dass niemand weiß ... mummenschanz digitaler machtergreifung, nachtgesichtiger spuk, in der raumzeit des transit schrumpfte dies zu einer glosse, vor meinen augen verwehte die asche seines freudenfeuers, von einem sich beschleunigenden strudel mit- und hinunter gerissen, bis schließlich auf dem boden des vortex, in zeitlosem stillstand alles leben nach dem menschen, mit ihm die ungelösten fragen nach seiner besonderen würde, ins atomare zermalt worden war, selbst universelle gegenstände wie dosenöffner und korkenzieher blieben nicht verschont, wer hätte sich ihrer denn noch bedienen wollen?

im kosmos des *Divin' Duck*
ankunft

Nach abklingen der turbulenzen des transit, ob rückkehr oder vorauskehr, das galt es jedes mal neu herausfinden. Immerhin, für eine entspannte erdung und sammlung, mit hilfe einer lektüre und geeigneter umgebung, sorgte der dschinn bestens vor, in der regel, die ankunft auf der *Bosporus* blieb die ausnahme.
Doch diesmal führte er anderes im schilde.
Zweifelsohne war's kein traum mehr, blinzelte abwechselnd mit jedem auge, richtete meine brille, saß zwar alleine und ungestört in der sitzecke eines bistros, auf einer weichen lederbezogene bank an einem tisch seitlich eines großen fensters zur straße, das einzig vertraute, in den händen ein kleines aufgeschlagenes buch.
»An der Zeitmauer«, fasziniert, "das gilt, wie für Farben, auch für die Zeit. Und immer wieder werden sich Menschen finden, die die Qualität der Zeit für wichtiger halten als ihre Messbarkeit. Jeder weiß es im Grund."

Während diese worte ins nachsinnen einsickerten, meine fantasie wässerten, ruhte mein blick absichtslos auf dem fenster. Das warme licht eines sonnigen vorabends, große lettern klebten auf der fensterscheibe, buchstaben »i v i«, rechts daneben ein spiegelverkehrtes kapitales »D«. Hätte mich umdrehen müssen, wollte ich alles lesen, was sich erübrigte.
Auch so, kein vertun, die cafeteria des *Divin' Duck* und der beweis, in der tiefe des raums, versunken im unwirklichen zwielicht zwischen ausklingendem tag und frühem abend, die vertraute bartheke.

Ein kellner hatte mich entdeckt, kam beflissentlich an meinen tisch.
"Entschuldigen der herr, habe sie gar nicht kommen sehen. Sie hätten doch nur rufen brauchen."

"Danke, war mir ganz recht so, werde sowieso später an die bar hinüberwechseln, wenn's nicht noch zu früh ist."
"Meine kollegen haben dort mittlerweile erste gäste, you're welcome."

an der bar

Zur abwechslung, ein gelungener einfall des dschinn, dachte ich, steckte die lektüre vorerst wieder ein und wechselte hinüber an die bar.
Das licht der lampen hatte den langen bartresen und die hinteren tischgrupppen von der tageshelle angenehm entwöhnt. So war ich's zufrieden, anbruch der nacht.

Selige gelassenheit, was dem Popeye eine dose spinat, ein erster schluck Guinness tat wunder, trank auf die unbekannte konstante in meiner zeitrechnung, längst nicht mehr synchronisierbar zu den wechselnden gegenwarten. Warum mich eines datums vergewissern, jedes mal erneut danach fragen war mir keine gute idee.
Eine tageszeitung? Das letzte was mir im *Duck* in den sinn käme. Im park ließe sich der papierkorb neben einer bank wenigstens unauffällig konsultieren.
Immerhin hatte der trilliardär Dagobert D. auf die weise seinen reichtum gemehrt, abonniert auf die zeitungen im papierkorb, kostenloses studium der börsenkurse. Doch wer nichts hat, hat auch nichts zu mehren, thront der teufel leidenschaftlich gern auf möglichst größtem haufen, schart beizeiten die ihm genehme höllenbrut um sich.

Der aufmerksame barmann hatte mir, gut abgepasst ein zweites pint gezapft, erste hilfe für die dehydrierten lebensgeister. Immer noch wenige gäste.
Dankte dem dschinn für diese beschauliche einkehr.

Nur wenige hocker weiter, ein redseliger älterer herr, sein zuhörer, ein geduldiger barkeeper, seine pflicht gegenüber einsamen stammkunden beherzigend, zu tun gab's eh noch nicht viel.
Vergaß meine lektüre, mitzuhören drängte sich mir einfach auf, neugierde kam zu ihrem recht.

Irgendetwas aufmerksamkeit kaperndes musste in der welt passiert sein, tut es zwar immer, damit der menge keine langeweile aufkommt, nachdenklichkeit einsetzen könnte. Lauschte neugierig, was da aufregendes verhandelt wurde.

"Also", fuhr dieser alte fort, "der vorteil von kriegszeiten, es gibt nur noch gute nachrichten, und das motiviert nicht wenige weiterhin bereit zu sein, für gutes auch opfer zu bringen."
"Wie man's sieht, doch mir kommt hier niemand rein, mit klimpernden ablassbüchsen die gäste belästigen, für welch gut gemeinte sache auch immer", und fügte hinzu,
"gebe dir natürlich recht, in friedenszeiten werden wir statt dessen mit schlechten nachrichten überfüttert."

"Mit unverträglichem genudelt, hauptsache wir geben den löffel schneller ab."
Der alte kippte mit einem schluck das halbe glas, nun nicht mehr zu bremsen.
"Zweckmäßige entsorgung, ausgemustert, eingestuft als *ausgelebt*, früher verdienterweise rentner oder pensionär genannt."
Der mann stand unter vollen segeln, mit der piratenflagge gegen ein verwaltetes leben.
"Fazit, kriege entsorgen effektiver, die menschheit ist ganz versessen darauf sich zu dezimieren."
Die geduld des barmanns, sich seinem stammgast länger zu widmen schien erschöpft.
"Um's nicht zu vergessen, hier erst einmal ein frisches dunkles, ist doch klar. schreib's auf deinen deckel."

Während ich heimlich lauschte, blickte ich unbeirrt in eine andere richtung, ja nicht hinzugezogen werden.
Dennoch war meine aufmerksamkeit dem alten thekengast nicht entgangen, gelegentlich blickte er verstohlen zu mit herüber. Ließ mir nichts anmerken.
Ein rentner, der ungewollt durchblicken ließ dass er sich als solcher fast schuldig fühlte, was waren das für zeiten. Aber auch ein viel früher begonnener prozess, das soziale leben,

verstärkt seiner privatheit entkernt, gedanken des spaniers Ortega Y Gasset, zuverlässig in bleibender erinnerung. So zeitigt die als forschritt gepriesene sozialisation immer hiflosere massen politisch gegängelter, kein häuslicher ort des bei-sich-seins geblieben, die *laren*, die private sphäre bleibt zunehmend unbehaust.

Der pup füllte sich, gedränge auch umstehender gäste, und in der wortreichen menge rückte mir alles, wie in watte verpackt, in unbestimmte ferne.
In den unendlichen leerräumen zwischen den gestirnen, keine wesentlich größere einsamkeit als im dichtesten gedränge der eigenen spezies, entropisches anwachsen menschlichen gewusels, ohne wirkliche nähe.

ein wiedersehen

"Noch ein Guinness?" wollte der barmann wissen. Bestellte statt dessen einen Scotch auf eis.
"Der geht auf mich, und einen zweiten dazu."
Eine sanfte stimme hinter mir, glockenblumengeläut in meinen ohren, inkarnation himmlischer träume.
"Überraschung!" Sie setzte sich.

Noch so viele wiederholungen könnten dieser *überraschung* ihren einzigartig sinnlichen klang niemals mindern.

"Die freude ist ganz auf meiner seite, der hafen kommt zur rechten zeit zum boot auf offener see."
"Hat mein freund schwierigkeiten im außendienst?"
"Ganz im gegenteil, kann über abwechslung nicht klagen. Übrigens gute idee, den sekt auszulassen."
Derweil der barkeeper die zwei gläser einschenkte, das klirren des zerspringenden eises, welch eine musik.

"Bitte lassen sie die flasche hier stehen", bat Lucy, "nur ab und zu eine schale mit frischem eis."
Ihre fast gesungene order beflügelte den mann, und stolz präsentierte er uns eine volle flasche mit honorigem etikett.

Ein gedanke lenkte mich ab. In coolen western, da gibt ein fremder im saloon solchem anliegen gerne mit, *nicht doch, mein freund, die flasche bleibt hier!,* deutlich nachdruck, eine hand dicht am hüftgürtel, unter dem mantel noch verborgen das pistolenhalfter. Der keeper verzieht sich, die flasche bleibt einsam zurück, notwendiges zielwasser, für den alsbald, von allen anwesenden mit steigender spannung erwartete zoff.
"Aber wir haben doch wohl kein showdown im sinn?" platzte es aus mir heraus.
"Wo bist du nur in gedanken, lieber Argo, das *Divin' Duck* ist doch kein western saloon. Aber nun hör mir zu."
Ein ungewohnt ernster blick.
"Sag's dir lieber gleich, Alex ist nicht mehr, so heißt es offiziell, mich bekümmert's seit tagen, finde keinen trost."
Schweigend leerten wir beide unsere gläser.

"Wenn du trost suchst, dann red' schon."
Statt dessen beförderte sie aus ihrer westentasche den zerknitterten ausdruck einer pressenotiz zutage, und reichte ihn mir wortlos. Da war zu lesen:
» Bangkok (...) Auf der Suche nach einem besseren Handy-Signal ist ein ausländischer Student zu Tode gestürzt. Er fiel während eines Online-Spiels vom Balkon eines Hotels. Er war der Favorit eines Turniers. Im Hotel wollte er noch eine Runde mit Freunden weiterspielen. Nach deren Angaben ging er auf den Balkon, weil sein Smartphone nur noch schlechten Empfang hatte. Plötzlich bewegte sich in dem Online-Spiel sein Charakter nicht mehr. Als die Freunde nachsahen, stellten sie fest, dass er vom Balkon gestürzt war.«

Lucy ließ mir zeit. Ihren fragenden blick wandte sie aber nicht von mir ab. Schließlich sagte sie,
"Alex war der ungeschlagene favorit, seine leiche wurde bis heute nicht gefunden. Vielleicht hat er etwas gegen die schwerkraft entdeckt. Im freien weltraum soll es sie auch nicht geben. Ist also relativ, das mit der schwerkraft, guck dir nur die vögel an."

Ich ahnte, die gesetzte der physik waren ihr wohl genauso frei auslegbar wie die der liebe.

"Beste freundin, richtig, außer frage steht, alles ist möglich, doch gestehe ich meine zweifel, ob sich wirklich all das einzig auf diesem planeten und in dieser einen zeit abspielt, uns gewohnt und selbstverständlich, oder ob es nicht eine ganze reihe von duplikaten unserer wirklichkeit gibt, auf denen manches einfach nur einen anderen verlauf nimmt."

"Du drückst dich manchmal seltsam aus, so war's schon im büro des patentanwaltes, hab mich daran gewöhnt, meine schwäche für ausgeflippte typen, so wie Alex."

"Oh, danke für's kompliment. Verstehe das zu würdigen."
"Und Alex, da bin mir sicher, er lebt. Ich muss das nur beweisen. Da er ein von wohlhabenheit verwöhnter patient meines chefs war, wurde auch dieser mit dem unglück meines freundes in verbindung gebraucht."

"Also ein verdacht, klar, und die klinik wurde geschlossen."
"Argo, wie kannst du das wissen?"
War ich jetzt in der rolle eines Sam Spade gerutscht, mit übernatürlichen intuitionen begabt?
Versuchte umgehend zu beschwichtigen, oder besser noch, abzulenken.
"Nur der gang der dinge. *Nichts und eins ist keins, und zwei macht drei, das nichts ist immer noch dabei.* Das einmal eins der eventualitäten und wiederholungen."
Sind das überhaupt meine worte? Schleunigst was anderes.
"Nehme an, du suchst mal wieder einen neuen job."

"Ins schwarze, du hellseher. Überlege, ob ich im *Divin' Duck* an einigen tagen den tischservice übernehme. Der barkeeper, der uns bedient, wäre einverstanden. Brächte mich aus der schusslinie all dieser seltsamen ereignisse, hätte ja sogar einen stammkunden sicher", erstmals lächelte sie wieder, "mit dem ich zumindest die ganze geschichte von beginn an teilen kann."

"Verspricht abwechslung, die heutige rückkehr von der reise

ohne umschweife gleich hierher, am spätnachmittag, gut gestimmt vorerst an einem fenstertisch platz genommen, das hatte was, und die stille vertraute einkehr auf einer parkbank gerät somit nicht zur monotonie."

"Wo wir schon mal privates erwähnen, was ist das für ein aussendienst in dem beschäftigt bist? Gelangweilten hausfrauen espressomaschinen vorführen?"
"Vermessungsdienst. Reise weltweit, zeitzonen überprüfen, unvorhersehbare brüche, risse und verschiebungen, sonnenwinde, abreibungen der erdachse, klimawandel, dunkle machenschaften schwarzer löcher und was es sonst noch, im grunde gar nicht so mysteriöse phänomäne gibt. Eine verdammt verantwortungsvolle aufgabe."

"Aber undankbar, man lässt einen solchen spezialisten einfach so auf harten parkbänken übernachten? Spricht nicht gerade für deinen chef. Aber wie du weißt, ich hatte zuletzt auch nicht viel glück mit vorgesetzten."

Zur ablenkung das passende stichwort. Nun philosophierten wir über glück, ein weites feld im allgemeinen, sollte es gar ein menschenrecht sein, nur, wo denn dann einklagbar?

"Ja die liebe", erklärte Lucy schließlich, die sich mehr ans praktische hielt, "sie ist das einzige worüber wir frei verfügen. Ist doch wenigstens etwas, verstehst du?"

Wir verstanden uns tatsächlich bestens.
Unsere gedanken schwärmten wieder aus, unermüdlich wie die bienen auf der suche nach stillendem nektar, so viele regionen menschlicher eigenarten, unarten, redensarten, lebensarten, wetter- und sternwarten, gegenwarten, insbesondere die unmittelbare, auffallend, angesichts der leeren flasche Scotch.

Der barkeeper machte uns darauf aufmerksam, hätte die feierabendglocke längst zum dritten mal angeschlagen und wir rührten uns immer noch nicht.
Also zahlten wir.
Draußen, unschlüssig, von der frischen lluft wie betäubt.

Sie blickte mich fragend an.
"Zu dir oder zu mir?"
"Du zu dir, ich zu mir", erwiderte ich leicht verlegen.

"Du zu dir auf deine kalte parkbank, das will ich sehen, lass ich mir nicht entgehen", lachte sie amüsiert, hakte sich bei mir ein und wollte tatsächlich losziehen.
Ich bewegte mich nicht.
"Also besser doch eine taxi", resümierte sie.

Entschlossen winkte sie eine heran, schob mich auf den ruücksitz, setzte sich dazu, nannte eine adresse, ein straßenname, der nicht nach parknähe klang, wo sie mich vielleicht doch hätte absetzten wollen. Mir war's inzwischen so lieber und hab's dann auch nicht bereut, sie hat mich überzeugt.

Ich begann zu verstehen, warum Lucy schwerkraft und magnetismus als keine ausschließliche angelegenheit der physik zu akzeptieren bereit ist.
Natürlich wünschte ich ihr, den verbleib ihres geliebten Alex ausfindig zu machen. Das zutreffende paralleluniversum zu finden gleicht wohl eher der suche nach einer nadel im heuhaufen.
Zum glück habe ich auf meinen reisen nie was gesucht.
"Das denkst aber nur du", mischte sich der dschinn ein, "ihr alle sucht unerfüllbares, das nur zur richtigstellung."

"Ja bravo", dachte ich, "sehr hilfreich, was immer mir durch den kopf geht oder je ging, ohne den dschinn überhaupt zu adressieren, er gewichtet alles auf seinen art."
Ein gewisser groll stieg in mir auf.
"My friend, I'm here for your best, shure, all bets are off."

Mir war's für den moment naheliegender des göttlichen geleits zu gedenken, den mir Lucy in ihren sicheren hafen gewährte. Der einzige reichtum der keine taschen braucht, das sind die erinnerungen. Gäbe es eine währung für die ewigkeit wären sie es.

don't forget the toothbrush

Eine sommerlich himmelsklare vollmondnacht, ein wenig linderung von der tageshitze, so schlief Argo bei offenem fenster.
Unter dem geleit letzter unermüdlicher sänger des spät ausklingenden vogelkonzerts, regten sich erste vorboten der träume, setzten segel, kreuzten bald zwischen irgendwo und nigendwo, weder woher noch wohin.
Unermüdliche kulissenschieberei der traumregie, bis schließlich und endlich dem blick ruhe gegönnt, panorama einer allseits endlosen eintönigen ebene, Argo auf einer plattform, einem bahnsteig gleich, wenn auch keine geleise erkennbar sind. Alles in allem nicht einladend.

Dicht über dem boden schwebend näherte sich schnaufend ein bizarr anmutender zug, eine ins riesenhafte aufgeblähte raupe, ähnlich der des schwalbenschwanz falters, maigrüne segmente, schwarz und orange gepunktet.
Auspulsierend kam die raupe am bahnsteig zum halt, die einsteigstüren öffneten sich zischend, niemand verließ den zug.
Einsam zurückbleiben, das war die schlechtere wahl, also stieg Argo ein. Automatisch schloss sich die tür hinter ihm.

Grün gepolsterte sitzbänke entlang der innenwände, statt fenster hier und da winzige bullaugen. Der zug hatte sich kriechend in bewegung gesetzt, nahm schnell fahrt auf.
Argo hatte sich gesetzt. Auf der bank ihm gegenüber, drei herren in dunklen anzügen, schwarze aktentaschen auf dem schoß, kappen auf dem kopf, mit dünnem draht der leicht wippend in die höhe ragte.
Eine ansage, eine sanfte weibliche stimme: "Bitte setzen sie ihre stimmungskappe auf. Das team wünscht ihnen eine angenehme fahrt."

Argo zog eine der an der decke baumelnden kappen zu sich herunter, löste sie und setzte sie aus neugierde auf. Die drei herren gegenüber musterten ihn misstrauisch.
Für einem moment wähnte er sich den *universal grinder* in händen haltend, während das lebendige innere dieses raupenzugs sich vor seinen augen in den bekannten warteraum der praxis des patentanwaltes verwandelte. Ein neben ihm stehender pflanzenkübel verbarg den blick zum empfangstresen.
Argo stand auf, trat etwas vor, neugierig wer denn am empfang säße. Überdrehte welt, ausgerechnet der ihm bekannte *kappenmann* hatte dort den platz genommen.
"Sie wünschen?"
Besser keine andeutung eines wiedererkennens, erinnerte er sich doch wie reizbar dieser mann gewesen war.
"Ja, wenn sie gestatten", er trat weiter vor, stand nun direkt am tresen, "bitte, ein fahrplan wäre mir recht, möchte doch wissen welches die nächsten stationen sind."
"Keine zwischenstationen."
"Und das ziel der reise?"
"Ein raumhafen, dort werden sie erwartet."

"Gebührend auskunft geben, scheint wohl nicht ihre stärke", Argo etwas ungehalten, bereute das sogleich.
"Mein herr, geben sie acht, ihr draht beginnt zu kreisen, kein gutes zeichen."
"Und die anderen fahrgäste?"
"Welche anderen fahrgäste? Sie sind der einzige meiner obhut anvertraute."
Argo dreht sich um, die drei aktentaschenmänner muss er sich eingebildet haben, alle plätze waren leer.

"Also in ihrer obhut, dann erweisen sie sich so fürsorglich, sagen mir bitte wie lange wir brauchen?"
"Für was, mein herr?"
"Na ja, bis zur ankunft im raumhafen."
"Was weiß ich. Alles ist zu ihrem besten eingerichtet, sollten es sich bequem machen, entspannen sie, dann hört auch das sirren ihres ihres *mentalen sensors* wieder auf, ist mir

doch äußerst störend."
Ruhig und gefasst nahm Argo die kappe mit dem zitternden draht vom kopf, stellte sie herausfordernd auf die theke.

"Habe ich recht, wir sind uns schon mal begegnet? Sie wollten ein patent anmelden, glückwunsch, das hat ja wohl doch noch geklappt."
"Na endlich, ein zeichen des wiedererkennens, fühlte mich schon von ihnen verleugnet. Und ihr patent, das kleine kaffeemahlgerät?"
"Ihr erfinder zu sein, wäre zu hoch gegriffen."

"Allerdings, zum genie gehört doch mehr, nur war mir auf der Erde wenig glück beschert."
"Was sie nicht sagen, ein jenseitiger gönner, ihr draht nach oben konnte tatsächlich eine verbindung herstellen?"

"Ahnen sie es nicht? Eine in menschlichen angelegenheiten objektive instanz, eine unparteiische künstliche intelligenz, hat mein erfinderisches potential erkannt. Aber jetzt müssen sie mich entschuldigen."
Er trat hinter dem tresen hervor, polierte lackschuhe, adrett der anzug, glich einem steptänzer alter musikfilme, aber kleider machen eben noch lange keine leute, dachte Argo.

"Sie sollten jetzt alleine zurecht kommen."
Kaum gesagt, da war er mit der komplette szenerie der anwaltskanzlei verschwunden, Argo schwebte im freien raum, unter ihm der pulsierende raupenzug, seiner unklaren bestimmung zustrebend.
Wie mag es sich anfühlen, das *raupe-sein*, dahinkriechend, ahnungslos der leichtigkeit künftigen daseins als falter, wenn auch mit dieser letzten wandlung der herbst ihres lebens anbricht?

Ohne halt, versuchte er zu schwimmen, "genauso gut wie fliegen", stellte er erleichtert fest, mit ausgreifenden zügen hielt er die höhe. Vom zug war nichts mehr zu sehen, doch wohin sollte er sich wenden? Immer noch orientierungslos, plötzliche turbulenzen, der flügelschlag eines gigantischen falters, ein flatternder schwalbenschwanz.

Das brachte ihn ins trudeln, befand sich im freien fall, wurde wach, sein bett hatte ihn glücklich und weich aufgefangen.
Die morgendämmerung war noch längst nicht in sicht, also auf die seite drehen, schleunigst den faden wieder aufnehmen, doch etwas hielt ihn ab, und nun halbwach und verwundert, das treppenhaus war voll ungewohnten lärms, um diese zeit?
Die stimme des dschinn: "Meister, bleiben sie wach, ganz richtig, da geht nichts gutes vor sich."

Er setzte sich auf, rieb seine augen, bedauerlich nur, in träume lassen sich keine lesezeichen einlegen. Doch eine unruhe hatte ihn erfasst, zögerte nicht mehr aufzustehen.

"Zeit was unternehmen", drängelte der dschinn, "wie ich's näher einsehe, spezialagenten, fremdenpolizei, noch damit beschäftigt, mieter in den unteren etagen aufzufordern, in ihren wohnungen zu bleiben, sollten sich nicht daran stören wenn's ein bisschen laut werden könnte. Bei dir werden sie abschließend nicht erst klingeln, keine höfliche truppe."

Argo eilte ins bad, warf sich den nachtblauen kimono morgenmantel über, geschenk der fürsorglichen Lucy, im innern des revers befestigte er eine gewisse brosche mit medaillon, steckte sich eine zahnbürste ein. Der dschinn begann alles weitere in die wege zu leiten.

exiled

Himmlischer friede des zu dieser stunde verlassenen parks, natur pur. Argo im morgenrock auf einer bank, musikalisch begrüßt, ein erst mit wenigen vogelstimmen einsetzendes preludium, überleitung in die symphonie des dämmernden tages.
Ein logenplatz und niemand sonst anwesend, die garderobe dieses konzertbesuchers als unpassend zu monieren.

Einer innentasche des kimono entnahm er eine lektüre. Die »Winde«, hymne auf die zeitenläufe, das gewoge der rastlosen wanderungen der menschheit. Das einzige von dauer, wie auch deren metapher im Yiing, *wind* und *donner*, immaterielle, sich gleich bleibende wirkkräfte. Gestaltlos doch keineswegs virtuell, was ja nur der simulation von realem gleich käme.

Argo kam die *Themis* in den sinn, sie auf eine introspektive reise zu schicken, zweiwertiges denken auf des messers schneide, im labyrinth des ungefassten, chimären aus überhitzten schaltkreisen, kein pferd das vor drohender niederlage retten könnte.
Eher riefe die KI in letzter verzweifelung: »Ein draht! Ein roter draht! Ein königreich für einen roten draht!«
Von ihrem gott Abacus verlassen, ihre erlösung ist keine himmelfahrt, ein kläglicher haufen giftigen elektroschrotts im kehricht menschlichen ungehemmtem größenwahn.

Es war tag geworden, ein parkwächter drehte seine runde.
"Bonjour monsieur, schon fleißig in ihre studien vertieft. Wie ich sie doch beneide", hielt inne, blieb stehen, als hätte er etwas auf dem herzen.
"Nur zu, mein freund." Argo, klappte das buch zu.

"Wir leben doch in seltsamen zeiten, nicht wahr?"
"Könnte es anders sein?"
Nach kurzem zögern, "im quartier am frühen morgen wieder hausdurchsuchungen, das alles nur um harmlose *identitätslose* einzukassieren."
"Eine art neuer lotterie?" (wollte er leugnen, verdrängen, was ihm selbst in der nacht zu widerfahren drohte?)

"In ihrer gelehrtenwelt sieht manches anders aus, so hoch über den dingen."
"Wenn sie entschuldigen, schlechter scherz, bin zu häufig abwesend um auf dem laufenden zu sein."
"Ist doch längst weltweit das gleiche."

"Die welt als zwangsjacke der verhältnisse bleibt doch immer noch voller löcher?"
"Der allgemeinen *meinungspflicht* schlüpft niemand mehr so leicht durchs netz."

"Und wenn's zu manchem einfach an meinung fehlt?"
Der parkwächter blickte ihn prüfend an, vertrauen gewann wieder die oberhand.
"Wer sein meinung nicht offen bekennt, sich enthält, hat was zu verbergen. Alles private gilt als suspekt, wird als ursprung allen übels ausgemerzt."
"Eingestanden, diese tendenz ist mir nicht wirklich neu."
"Na also, doch nicht von einem anderen stern."

"Einst, nach langer abwesenheit, wurde mir von einem boten ein mahnschreiben zugestellt, hätte *online pflichten* vernachlässigt."
"Aber mit so was hält sich längst kein amt mehr auf."
Wieder zögerte er, mit einem anklang der wehmut,
"wer würde nicht doch gerne diese sich glücklich wähnende befriedete welt, einfach mal so eben, für eine weniger perfekte überspringen wollen?"

"Beginne meine reisen in völlig neuem licht zu betrachten."
"Sie ahnen, warum ich an meinem beruf so hänge?"
"Wenige pflichten, große freiräume."
"Sie verstehen das."
"Deshalb schätze ich auch ihre anwesenheit immer sehr, mir eine wohltuende konstante im bild des müßiggängers."
"Verstehe nichts von ihren konstanten, was sie sagen klingt jedenfalls wohl meinend, das höre ich, ist wie in der musik, sie kann sich auch nicht verstellen."

Nach einer längeren nachdenklichen pause, etwas verlegen, für Argo unerwartet:
"Will dann mal weiter, bis auf ein nächstes mal?"
"Auf ein nächstes mal."

Der einzige mensch mit dem ich tauschen würde, dachte Argo. Da der glaube an *organisation*, in seiner dialektischen vorhersehung, den gedanken der *freiheit,* als verderbt und ketzerisch dauerhaft aus seiner welt verbannt zu haben schien, irrtum, das ende der geschichte ist dies nicht.
Der am lineal eindimensional starr ausgerichtete blick, chronologischen fortschreitens, in der welt der wandlungen

völlig ohne bedeutung.

Seit eine aussage des philosophen William von Ockham als *Ockhams Rasiermesser* karriere machte, so stellt sich (außerhalb der wissenschaftlichen logik) angesichts der grassierenden vereindeutigung der welt, die frage:
"Wann schlägt das *weniger ist mehr* in unwiederbringliche verluste um?"

Glücksdroge als pendant zur guillotine, in gewisser weise schmerzfreier, da sie nicht mehr notwendig sofort zu tode befördert, statt dessen wie lebende tote, an unsichtbare ketten gehaltene einer glücklichen neuen welt.
Pursuit of happiness, als pflicht zum konsum reguliert, reglementiert, globalisiert, den planeten als geschlossene intensivstation zur immunisierung gegen die zumutung der menschwerdung.
Jeder moment des innehaltens, in die stille horchen, wird schon als subversiver akt verdächtigt.

Der Brunnenfrosch hatte sich doch was dabei gedacht, erste *grinder episoden* einem heft einzufügen, dies betitelte mit, *»willst du was finden – such's nicht in der ferne«*

anmerkung des herausgebers

Soeben erwähnte frühere verlegerische ansätze waren alle im sande verlaufen. Stehe mit meinem einsatz immer noch auf unerschlossenem terrain.
Aber ein anderes. Der leser wird sich mittlerweile fragen, was denn aus Argo's *universal grinder* geworden sei, hatte Uncle Jules vom planeten Tau, diesen noch als gelungenes kleines reisemodell bewundert? Der erzähler, im bunde mit seinem ghost-narrator, sowie der autor selbst, alle drei schweigen sich bislang darüber aus.
Harren wir der dinge, alles ist möglich, alles ist offen, zwar leicht gesagt, bleibt mir doch dieses buch, es zuversichtlich auf gutem kurs zu halten, rat meiner freundin, der meereschildkröte, auf offener see halten, die gefahr meiden auf grund zu laufen.

die zeit schlummert an fernem meeresstrand

Der im jahr 1895 verschollene englische aristokratische zeitreisende könnte als letztes, so die vermutungen seiner freunde, die absicht verfolgt haben, in undenkbar fernste zukunft aufzubrechen.
Der dschinn, zu Argo's erwartung diese spur zu verfolgen, spöttelte nur, "fern, ferner, am fernsten, und dann, geht's denn nicht etwas präziser?"
Hatte sich an manches gewöhnen müssen, vergangenheiten als exakt gemessene stufen eines umgekehrt, in die tiefe gebauten turmes, etagen aus jahrhunderten und ab einem nicht einmal besonders weit zurückliegenden nullpunkt beginnend, in minuswerten jahre wieder hoch zu zählen. Seltsam genug, und nun desgleichen für die zukunft?
"Das ist zu viel verlangt", stöhnte der dschinn.

Endlich wieder boden unter den füssen. Mein gewünschtes reiseziel ließ keine annehmlichkeiten erwarten, aber so, rein gar nichts? Stand wie verloren am endlos flachen grauen sandigen ufer eines bewegungslos verharrenden ozeans.

Tief über dem meereshorizont, ihn fast berührend, hing das unmäßig aufgeblähte rund eines purpurrot ausglühenden riesensterns. Unter seinem kraftlosem licht umfing mich eine schattenlose trübe welt. Landeinwärts reckte sich blanker fels aus dem sand und auch in den dünen keine spur von vegetation.
Setzte mich auf einen der steine, dachte nach wie man auf dieser welt wohl leben könnte.
Als erstes wäre ein schild für touristen anzubringen:
»Wer reklamiert ist angeschmiert«

Alles um mich herum hatte die anmutung einer reduzierten langsamkeit des lichts, das träge, zähflüssige gewoge des meeres, keine wolken, kein lufthauch war zu spüren. Stille.

Nichts ließ unmittelbar bedrohliches vermuten, so gewann diese ödnis eine feierliche erhabenheit des vergänglichen. Zu erleben, wie selbst die zeit mal die nase voll hat, die dinge immer im fluss halten zu müssen, das war schon eine reise wert, und mir schien, die zeit schlummerte mit vollem recht, behaglich und ungestört an diesem meeresstrand.

War diesem eintönigen ozean auch aller von ihm erwartete stimmungsreichtum abhanden gekommen, so war er doch von einem gleichmäßig flachen atem beseelt, altersbedingt, ein kaum wahrnehmbares heben und senken seiner zähen, dickflüssig wirkenden oberfläche.
Gelegentlich bildeten sich träge große blasen, platzten sie, dann wuchsen aus ihnen pflanzenähnliche gebilde empor, die alsbald wieder in sich zusammensackten, geschluckt von dem alles wieder glättenden meer. Dieser ozean war ein mürrischer bildhauer, seine schöpfungen übellaunig gleich wieder zu zerstören. Der verschleierte himmel glich einem trauergast an einem offenen grab.

Auf die spitze trieb das meer dieses spiel mit nachbildungen aufgeschlagener bücher, die seiten spreizten sich zu flügeln, schüttelten einen regen an buchstaben aus ihrem gefieder, bis ihre leere ins buchstäbliche nichts überging.

"Halluzinationen?"
"Nichts da", flüsterte der dschinn. Insofern beruhigend, er hatte mich hier nicht einfach ausgesetzt.
War jeglichen zeitempfindens auf eine weise beraubt, die weit über tagträumereien hinausging. Es bekam etwas bedrohliches, befangen zu sein, als wäre dieses meer fähig mich nach und nach in einem strudel nicht endender fantasien zu ertränken.

Klammerte mich an den gedanken, diese welt wäre nur eine raffinierte gaukelei der erinnerungen. Doch weder war's der sterbende Deneb am horizont, noch der rötliche stern des *Omega24*, erst recht nicht Stanislaw Lem's »Solaris«, jener stern, bar jeglicher landmassen, ausschließlich belebt mit einem intelligenten ozean.

Nach und nach dämmerte mir das naheliegendste, war's doch auch anlass dieses ausflugs, der dschinn hatte mir einen logenplatz reserviert, schlicht und einfach zum drama der sterbenden sonne meiner heimat, deren ende sich vor meinen augen vollzog.

Wenn's dem so sein soll, wenigstens hat die menschheit dieses natürliche schauspiel nicht vorzeitig in eigener regie übernommen, mit der inszenierung eines feuerwerks ihrer gesammelten waffenarsenale den planeten zerpulvert.

Es tat sich was am strand. Aus der ferne kam ein einsamer reiter auf einem dürren gaul den strand entlang gestürmt, ein ritter mit angelegter lanze, bog vor mir ab, dem meere zu, da in diesem moment aus dem zähflüssigen wasser riesenkrebse auftauchten, drohend kreisten ihre langen fühler, lautlos rotierend, was den angreifer nur noch mehr motivierte einzugreifen.
Als seien sie nur chimären, der lanzenreiter ritt tollkühn hindurch, pflügte mit seinem gaul durch das meer, weit hinein in diesen kraftlosen sonnenuntergang.
Nach und nach versank er langsam in den fluten, nur seine kopfbedeckung, eine zinnerne barbierschüssel hielt sich noch eine zeit lang, einsam treibend an der oberfläche.

Weit abgeschlagen, war ihm ein esel berittener knappe gefolgt, der sich mir nun in gemächlichem trott näherte.
Erhob mich, gewahrte erst jetzt die geringe erdanziehung, nur nicht den boden verlieren, vorsichtig einen fuß vor den anderen, wie hatte ich es zu diesem fels geschafft, ohne von luftsprüngen davongetragen zu werden?

"Unverbesserlich", konstatierte der dschinn voller ironie, "dieser ort, so nahe dem stillstand der zeit, muss wohl eine seltsame wirkung auf den menschenverstand ausüben, erinnerung und wahrnehmung drohen zu kollabieren. Soll ich das noch länger verantworten können?"
"Du lässt mir die wahl, also vorerst, bitte noch geduld."

Sancho Panza war abgestiegen, sein esel hielt sich brav an seiner seite und er verbeugte sich.

"So darf auch ich noch den ruhmreichen *ritter der nachwelt* begrüßen, ehe er zu neuen großen taten in die unendlichen weiten des universums weiterziehen wird."

Ich war gerührt, wollte ihm die hand reichen, aber Sancho wich zurück.
"der herr sollte wissen wo er ist. Seinerzeit in die Höhlen von Montesino hinabzusteigen war schon zu viel für den verstand, hat meinem herrn nicht gut getan. Aber hier ist alles trügerisch, das könnte ansteckend sein."
"Dir und deinem ritter verdanke ich unzählige wahrheiten über die bessere seite menschlicher natur."

"Die langsamkeit des denkens irrender herrschaften ist aber wohl auch ein problem. Gut gemeint ist nicht immer gut gehandelt, viel reisen und langes ausbleiben macht nicht ohne weiteres klug, zeit und gelegenheit hat niemand im ärmel, es ist wie der zeiger an der uhr, er geht wie man ihn stellt, späte reu ist selten treu, und sagt mir doch, gibt es einen menschen, der sich rühmen kann, er habe in das rad des glücks einen nagel zum festhalten eingeschlagen?"

Mir wurde schwindlig vom zuhören, oder aber der dschinn begann die abreise einzuleiten.
Tatsächlich, so war's das denn. Schade, ohne abschied.

Spiralig strömendes sternengestrudel, als wollte das universum zusammenschnurren, zum glück kam's nicht so weit, eintauchen in expandierende stellare nebel, aber wie der leser erahnen dürfte, sonst hätte der bericht ja auch zu lange auf sich warten lassen, der dschinn nahm eine abkürzung durch parallele raumzeit dimensionen, so verstand er den transit auf das minimum ephemerer dauer des traumes zu verringern.

Eine gute gelegenheit etwas wichtiges nachzutragen.

Der dschinn hatte sich mit mir längst darauf geeinigt, ihm ein kleines medaillon meiner großmutter zu reservieren, das ich je nachdem an einer brosche am revers meiner weste oder mantel befestigte.

Von räumlicher enge hatte er keinen begriff, behauptete sogar, ihm reichte sogar ein getrockneter apfelkern zum aufenthalt. Besorgt reklamierte ich, ein solcher könnte allzu leicht in der jackentasche zwischen nüsse, mandeln, rosinen, kerne von sonnenblumen und kürbissen meines studentenfutters geraten.

Ein anderes, schon mehrfach beobachtet, steht bildern nicht nur misstrauisch gegenüber, zieht es sogar vor, sie schlicht zu ignorieren ... klärungsbedarf ... solches war mir zuvor schon immer bei katzen aufgefallen ... meine gedanken zerfasern ... das heißt ... noch unterwegs oder kurz vor ankunft ... das ist der übliche reisekoller ...

... und dann, zu meiner erleichterung, ich saß auf einer parkbank, eine mild vibrierende luft morgendlicher stunde, ihr füllhorn an grüßen der lebensfreude ausschüttend.

Bald erblickte ich einen parkwächter, gemächlich beschäftigt die gaslaternen zu löschen.

Langsam kam er näher.
"Bonjour monsieur, schon fleißig in ihre studien vertieft. Wie ich sie doch beneide."
Ich stutzte, war ich in eine vertrackte zeitschleife geraten? Seine worte erinnerten mich auch an die derzeitige lektüre, griff in die manteltasche, leer, die *Winde* waren verflogen.

"Aber", ergänzte der wächter, "diese hochsommerliche hitze lässt uns nachts ja kaum noch schlaf finden."
"Sie sagen es. Wie angenehm hier draußen in der frühe, wenn die vögel erwachen, den tag begrüßen, die lerche die nachtigall abgelöst hat. Sie zu sehen, ist mir immer wieder eine besondere freude."
"Ganz meinerseits, monsieur."
Mit zuvorkommender geste sich verabschiedend, nahm er seine dienstlichen pflichten wieder auf.
Blickte ihm noch lange nach, der gedanke, einen nagel in das glücksrad schlagen zu wollen, dürfte diesem mann unbegreiflich und überflüssig erscheinen.

scharade am gartenteich

Gefahr hat ihren reiz, die kunst ist der austarierte abstand, in grenzen mit bedacht dosiertes fieber. So wie die katze das wasser scheut, wenngleich sich dem blick in der nähe eine betörende fülle an genüssen andeutet, flüchtig zwar, doch faszinierend genug, nicht so einfach den verlockungen des unbekannten die kalte schulter zu zeigen.

Dagegen hatte in unseres reisenden geschick, der instinkt gegenüber der neugier gleich von anbeginn den kürzeren gezogen. schichten der wirklichkeit lösten einander ab, des universums ineinandergreifende ereignishorizonte:

Leutnant Doolittle auf einer trümmerplanke der *Dark Star* in die atomare glut eines nahen sterns hinein surfend, des wellenreiters erhabene erfüllung eines traums.

Unaufhaltsam tickender countdown bis zur sprengung der *Nostromo,* doch Leutnant Ripley, letzte überlebende des raumfrachters, das rettungsboot längst zum ablegen bereit, panisch durch die verlassenen gänge des raumschiffs irrend, "nicht ohne den schiffskater Jones", wie löblich, wo steckt er nur?

Stichwort *katze*, warum liebt die katze den fisch, wenn sie das wasser so sehr fürchtet?

Der autor hatte Argo zu einem mußetag auf den landsitz seiner schwester eingeladen, kurze auszeit in arkadischen gefilden, einem lichtdurchwirkten garten zu sommerlicher mittagsstunde.
So sitzt er nun entspannt am rand de teichs, leicht verträumt, doch seltsam war's ihm schon, im garten von anderen so gänzlich unbeachtet. Warum aber auch?
Handelte es sich doch wieder einmal nur um eine, der an

das teichufer gelockten katze, die jetzt, halb aufgerichtet, unbewegt, lauernd wie zum sprung, auf trockenem gestein im schilf, fest im blick eine auf und ab ihre kreise ziehende libelle, mit schwirrendem geräusch dreist und äußerst frivol, nicht nachlassend, dicht vor ihrer nase vorüber zu tanzen, magisch schillernd im sonnenlicht.

Sie wäre eine leichte beute, wenn da nicht das wasser wäre, die katze bei geringster bewegung das sorgfältig gewahrte gleichgewicht sofort verlöre, ins wasser stürzte, nicht auszudenken.
Mag sein, die libelle ahnt den umstand, und so kann sie nach einiger dauer dieses neckischen spiels nicht lassen, ihr gegenüber auch noch zu verhöhnen:
"Hallo katze, verstehe es sehr wohl zu schätzen, deine so uneigennützige bewunderung meiner flugakrobatik. Du zeigst ein wahres kunstverständnis."

Argo denkt im stillen, was spielt die sich auf, von wegen kunst und erwidert gelassen,
"in der tat, schon sehr faszinierend, deinen luftikussigen flugmanövern zuzusehen. Das ist deine natur, mit kunst hat das nichts zu tun. Du scheinst mir auch recht nervös, dir fehlt, ganz klar, die konzentration auf das geistige."

Der hochmut der libelle war angekratzt, hat diese katze die spöttische bemerkung schlicht ignoriert, nüchtern und mit ernst erwidert, protzt auch noch mit kunstverstand, eine katze! Da will sie nicht zurückstehen, so sagt sie,
"die kunst des tanzes ist nicht jedem gegeben, uns libellen eine sorgsam elaborierte sprache."

"Die müsstest du mir übersetzen."
"Was hülfe dies? Habe niemals von einer musikalisch veranlagten katze gehört, im gegenteil, und wenn ihr gar versucht mehrstimmig zu konzertieren, sind euch knüppel, holzscheite, steine, was auch immer grad bei der hand, aus kannen und eimern geschüttete wasserduschen, und lautstarke kommentare als belohnung sicher."

Musik, mein lebenselexier dachte Argo, na warte, das lass ich nicht durchgehen und erwiderte:
"Behaupte nur was dir beliebt, doch ich sage, du fliegst so wie der hase übers feld läuft, hakenschlagend, unruhig, nervös und ohne eleganz, das ist keine souveräne kunst."

"Nur sag's mir, was soll es bedeuten, sitzt da ziemlich angespannt auf deinem stein, so dicht am wasser."
"Das lass mal meine sorge sein, ein mittagsmahl verspricht deine mageres aussehen nicht."
Erstmals unterbricht die libelle ihren unruhigen flug, setzt sich erschöpft und nachdenklich auf ein schilfrohr, in der teichmitte, in leichter brise schwankend, hin und her, her und hin.

Es braucht nicht lange, über das wasser huscht ein flüchtiger schatten, eine schwalbe stürzt herab und wieder hinauf, und mit dem vogel ist die libelle verschwunden, als beute ins nest mit den jungen schwälbchen, nur das schilfrohr zittert noch leicht im wind.

"Eine vorspeise wär's schon gewesen."
So ging die katze mit sich zu rate.
"Ich sollte diesen schwalben in der scheune bei gelegenheit einen besuch abstatten."

Enttäuscht räumt sie ihren platz. Immerhin hatte sie sich nicht verleiten lassen, zu riskieren ins wasser zu fallen.

Sie reckt und streckt ihre glieder, zog sich ins warme gras der wiese zurück, lag dort schläfrig in der sonne, tauchte ein in neue träume.

Während die sonnenstrahlen unablässig ihre nase kitzelten, mit einer pfote versuchte sie diese zu verscheuchen, war sie doch längst in die fernsten welten unterwegs, jenseits des blauen himmels über ihr, bis dass der dschinn leise aber bestimmt seine stimme erhob:
"Mein freund, ich habe den eindruck du hast diesen ferientag genossen, so wie auch ich meine stille freude daran hatte. Ist es nicht bald zeit für den heimweg?"

"Du sprichst von heimweg, bin erstaunt, ein begriff der dir doch fremd sein dürfte."
"Sagen wir mal so, *wherever I lay my hat there's my home*, nicht wahr, damit wäre diese frage wohl doch beantwortet."

"Wenn ich nun aber doch eine katze wäre, die träumte sie sei Argo?"
"Dann hätte sie auch mich erfinden müssen, willst du das wirklich annehmen?"

"Deine logik sticht nicht. War zwar einst mit dem versuch gescheitert, bei erneutem besuch des flohmarkt trödlers, den *universal grinder* als käufliche fehlentscheidung zu revidieren, somit zu einer klaren trennung zwischen traum und sinnlich greifbarer gegenwart zurück zu finden."

"Ich nehm's nicht persönlich. Dein *sinnlich greifbares* mag dem dasein einer wiederkäuenden kuh auf der wiese genügen. Ihr könnte selbst ein dschinn nicht weiterhelfen, will aber diesen friedfertigen gemütern zu nahe zu treten."

"Ich bin auch friedfertig und liebe die kontemplation ..."
"... bist aber kein behäbiger wiederkäuer."
"Du könntest die kuh vorm schlachthof retten."

"Wir dschinns sind auch schon verbindungen mit individuen anderer spezies der tierwelt eingegangen, so zum beispiel katzen, sind einzelgänger, traumkünstler, pendeln perfekt zwischen wachen und schlaf, immer auf den quivive. Nichts bringt sie von der rolle."

"Also gilt dein einwand nicht, eine katze müsste dich erst noch erfinden. Sie könnte durchaus träumen Argo zu sein."

"Du wirst es herausfinden, oder bald vergessen haben, oder am besten miss Lucy die frage entscheiden lassen. War doch ein schöner tag. Merkst du nicht, dass du längst im schatten liegst? Lass uns aufbrechen."

Eine schwebende parkbank

Verwundert betrachtete er diesen aus sich selbst heraus leuchtenden rasen, ein aggressiv bissiges grün, als wolle er jedem drohen, ihm ja fern zu bleiben. Bäume haben sich wohl nicht so leicht ersetzen lassen, stehen noch entlang der parkwege, in gruppen auf den rasenflächen und mögen sich im stillen ihren teil denken, letzte zuflucht der vögel in dem zwar stillen aber von neonfarben beherrschten park.

Ein glühend hochsommerlicher tag, über den boden, vor seinen füßen flimmerte das sonnige schattenspiel des baumes neben ihm, vergaß den rasen, verfiel einer dösigen, angenehm beschwingte stimmung, bis ihm gewahr wurde, die parkbank auf der er zurückgelehnt, mit halb geöffneten augen saß, schien dicht über dem boden zu schweben, seine füße baumelten ins leere, und je nachdem, wohin sein blick gedankenverloren umherschweifte, begann die bank sich entsprechend zu drehen, sich sogar ruhig und stetig voran zu bewegen.

So schwebte sie mit ihm über den rasen, einem von ihm bewunderten rötlich gefärbten ahorn zu, und ließ sich mit blickwendungen leicht und bequem wieder zur rückkehr an den ursprünglichen standplatz zu steuern.

"Sehr bemerkenswert", kaum in worte zu fassen, "wirklich sehr bemerkenswert, wenn ich daran denke, wie lange es brauchte, bis ich den *universal grinder* im griff hatte."

"Ignorant", der dschinn mit grantiger stimme, "intelligente parkbänke, aufzüge, türen, fahrzeuge oder kloschüsseln, servile künstliche intelligenzen, na schön, kulturtechnische stupiditäten, nichts von erlesenem adel, wie der *universal grinder* des *Omega24*, oder auch die schreibmaschine deines heimatplaneten und natürlich buchdruck und lesen."

Argo ließ sich nicht aufhalten. Das einüben glich einem kinderspiel, kreuzte mit seiner bank übermütig hin und her, auf und ab durch den leeren park, fühlte sich mit diesem neuen gefährt in die jahrmarktstage der schützenfeste versetzt, dem jugendlichen übermut im autoscooter.
Mit dieser bank dort inmitten funkensprühender rempeleien, unangefochten hin und her zu kurven, die aufmerksamkeit, begeisterung und herzen all der mädels in ihren so hübsch aufgebauschten petticoats wären ihm nur so zugeflogen, dann weiter hinüber zur raupe, durchs bierzelt, zurück und in großen kreisen über den rummelplatz hinweg.

"Ich muss lachen, in deinem alter scheint dir was abhanden gekommen sein, wie?", spöttelte der dschinn. "Nicht allen schenkt die jugend unverdient ein freies eintrittsbillet in die welten romantischer liebesträume und abenteuer."

"Mag sein. Ein traum gebiert den nächsten. Aber mit dem alter steigt der wert. Du stöberst also aus langeweile durch mein oberstübchen, was dir gerümpel zu sein scheint ist mir unerschöpflicher fundus, requisiten für das überleben in einer unerträglich beschleunigten welt."

"Nichts neues, zeitlos sind die träume, doch viel zu eilig hat's das leben. Was sagte der parkwächter, erinnerst du dich?"

"Helf mir auf die sprünge."
"Gerne, er sagte das gleiche, was dem Sh'rat den namen Sahib Wu-wei einbrachte."

"Ertappt, guter dschinn. Das wird der parkwächter erst, wenn überhaupt, bei einer der nächsten begegnungen sagen. Dem autor ist zwar nichts unmöglich, solange in worte fassbar, aber diesmal springst du in der chronologie, mein freund."
"Meister, deine sortierung der ereignisse, richtiger, die des autors, die vielen zettel und notizen, unversehens verzettelt er sich. Jene episode gehörte vielleicht doch längst vor dieser eingefügt, oder?"

"Nahm bisher an, dir fehlte sowieso jegliches zeitgefühl."
"Wollte nur festhalten, deine häufige desorientierung liegt nicht an meiner navigation, liegt in deiner natur."

"Erinnerungen warten nicht reihe und glied sich mitzuteilen, sie warten auf stichworte, oder besser, ich stoße mich an einem stein, und eine erinnerung fällt mir vor die füße."
"Was du nicht sagst. Kein schmerz im großen zeh?"
"Spotte nicht. Das ist noch nicht alles. Manche ereignisse wurden mir erzählt, da ich noch zu klein war ihre umstände zu reflektieren, der kunst des erinnerns verloren."
"Du meinst das kunterbunte fabulieren."
"Sag's dem autor, ich schätze sein talent, und er hat an dieser stelle auch gleich ein zutreffendes beispiel parat, brauchst nur mitzulesen."

navigare necesse est
am bahndamm

Da saß dieses kind, ein kleiner junge von höchstens drei jahren, still und unbekümmert an der böschung des steilen hohen bahndamms, noch ein gutes stück unterhalb des gleisbettes, zum glück nicht unmittelbar in gefahr, so dachte der ortspolizist der sich bemühte zu ihm hinauf zu steigen.
Das kind schien ganz mit sich zufrieden, mit einer hand dicht an die nase gedrückt, ein nicht mehr ganz weißes, auffallend übergroßes schnieftuch.
Der mann kratzte sich nachdenklich das kinn. Keine eile, dieser bub würde ihm nicht entwischen, wenn überhaupt ein ausreißer, dann offensichtlich ohne plan.
Sie befanden sich an der sonnenbeschienenen südseite des bahndamms.

Für die anbindung des ackerbürgerstädtchens an eine bahnlinie, wurde einst dieser, die landschaft prägende, sich weit mehr als tausend meter länge erstreckende bahndamm aufgeschüttet, tangierte den ort auf der südlichen seite, mit einer leichten kurve nach südosten, erst weit außerhalb der ortschaft abflachend, die bahngeleise in ein enges tal eintauchten, tief eingeschnitten zwischen zwei Bergkuppen dieser mittelgebirgigen landschaft.

Der beamte ging bedächtig in die hocke, nicht zu nahe und blickte dem jungen in die augen.
"Du wirst mir doch sagen können, wo du wohnst?"
Ein wort mit dem das kind nichts anfangen konnte.
"Ich meine, dort wo du zuhause bist, das verstehst du doch?"
Das kind verstand das zuhause ebenfalls nicht.
"Wo ist denn deine mutter?"
"In der küche", war die einzig karge antwort.
"Du kannst also sprechen?"
Der junge blinzelte in das sonnenlicht und schmuste mit seinem tuch.
Der uniformierte blickte zur seite. Dort, keine dreißig meter entfernt, durchstach der straßentunnel zur innenstadt den damm, und er zeigte in dessen richtung.
"Bist du daher gekommen, dort durch den tunnel", der junge nickte lebhaft.
"Ja nun kann's heiter werden", sinnierte der polizist, "erst einmal auf die amtsstube mit rüber nehmen."

Vor dem krieg kannte hier jeder jeden, danach dann die unzähligen flüchtlinge, in vielen häusern und wohnungen des städtchens, irgendwie unterzubringen, noteinquartiert, zu viele noch unbekannte gesichter.
Jedenfalls stammte der junge, so wie's schien, nicht aus der diesseitig eilig errichteten barackensiedlung, hätte es auch nicht weit gehabt selbständig wieder zurück zu finden. Dieser aber hatte sich offensichtlich verlaufen.
Das kind ließ sich bereitwillig an die hand nehmen, seine andere hand hielt das schnieftuch.
Nur zu hoffen, es wird bald vermisst werden.

So kletterten sie den bahndamm hinunter, durchquerten den, selbst tags immer dämmerigen tunnel. Ihr weg zur wache führte entlang eines, mit schönem schmiedeeisernen geländer eingefassten teichs, an dessen einer seite der flache bach vom nahem Holzberg plätscherte, und an dieser stelle für ein langes stück unterirdisch verschwand.

"Wen haben sie denn da festgenommen?" rief eine, mit einkäufen vom markt entgegenkommende frau amüsiert.
"Wenn ich das wüsste, wäre liebend gerne den ausreisser schon längst wieder los."
"Gehört der nicht zu der familie, die in der fabrikantenvilla einquartiert ist? Sie wissen doch, oben bei M. auf der höhe des bahnhofbergs, direkt neben dem park."

"Was sagst du, junger mann, auf dem weg hierher sind wir doch unterhalb deines zuhause vorbeigekommen?"
Also kehrte er kopfschüttelnd mit dem buben wieder um. Nur noch ein kurzer weg zurück, aber welche erleichterung für den ortspolizisten, von seiner fundsache wieder befreit zu sein.

Ende der erzählung.
Der dschinn schwieg.
Argo auf seiner bank war eingeschlummert.

ein verse rezitierender parkwächter

Unter dem, über der park gewölbten, hohen glutheißen himmel, hatte die bank sich mit ihrem gast unter einen baumschatten niedergelassen.
Ein tag an dem die meisten, wenn möglich, sich in die obhut des hauses, in abgedunkelte räume zurückzogen, oder aber sie suchten in der natur die nähe von wasser, am fluss, teich, seen oder am meer.
Argo's bank war äußerst erfolgreich um sein wohlbefinden bemüht, in seiner schläfrigkeit kam er gar nicht auf den gedanken, seine wohnung aufzusuchen.

Unvermittelt, aus nächster nähe, das kurzatmige kläffen eines hundes. Ehe Argo den ursprung dieser kundgebung ausmachen konnte, drehte sich die bank mit ihm, und er erblickte einen ihm entgegenkommenden parkwächter, das misstrauische hündchen folgsam an seiner seite, es wirkte immer noch leicht erregt.

Auffallend die ähnlichkeit mit der pudeligen hündin einer gewissen längst verschiedenen androidin. Ob sich dieses tier nun ebenfalls zu erinnern begann, es revidierte seine anfängliche abwehr, hüpfte ihm jetzt fröhlich entgegen und schnüffelte wieder wie einst an seinen schuhen.

"Astarte, spiel dich nicht auf", rief der parkwächter, "du kennst diesen herrn doch gar nicht", und verlegen an Argo, "entschuldigen sie, dieser hund ist mir einst zugelaufen, so vertrauensselig zu fremden, das ist nicht ihre art."

"Ist doch besser so, statt der versuche mich zu vertreiben und gebe auch zu bedenken, das geruchsgedächtnis der hunde sollten wir nicht unterschätzen."
"Wenn sie's mir gestatten, auch ich war im ersten moment irritiert, will ihnen nicht zu nahe treten, ihre ganze erscheinung wirkte wie aus der zeit gefallen, fremd, um nicht zu sagen, suspekt. Doch wohlgemerkt, nicht dass ich solche ansicht teile."
"Wo sie's doch gesagt haben, in wessen sinn denn dann?"

"Nennen wir's eine art gemeinsinn dem alles ungewohnte verdächtig ist, deshalb wird gebellt oder verdächtigt. Einen irrtum einzugestehen ist doch löblich", er blickte zu seinem hund, "mich erstaunt etwas anderes, zu sehen, dass die parkbank sie so ohne weiteres akzeptiert."
"Warum denn nicht, genieße den schatten und die ruhe des parks."
"Ihre unkenntnis ist erstaunlich, diese parkbank würde *unlegitimierte personen* nicht für einen moment platz nehmen lassen."
"Was könnte sie jemandem schon antun?"
"Würde diese person einfach abschütteln, umkippen, so wie ein mülleimer entleert wird."
"Welche vorzügliche ehre mich davon auszunehmen."
Anerkennend klopfte Argo auf's holz.

"Ich erklär's ihnen. Die administration hat die intelligible aufrüstung des parks erst kürzlich groß eingeweiht. Bänke mit *personenscan.* Soll den park von obdachlosen und auch allen sonst amtlich *unklassifizierten* frei halten."

"Dann eben auf dem rasen gemütlich machen, muss aber bemerken, das grelle neongrün steht ihm nicht."
"Androiden mögen es. Sobald ein mensch den rasen betritt, beginnt dieser sich wellenförmig zu buckeln und spült den unerwünschten sofort auf den parkweg zurück."
"Wie rabiat. Zur erleichterung ihrer aufsichtspflicht?"

"Will offen sein, ohne vertrauen geht's ja nicht", blickte zu seiner Astarte, "bin statist im lokalkolorit, aber damit auch unverdächtig, und sie, wenn sie erlauben, ein unsteter schwer zu fassender weltflüchtiger, schlüpfen beide durchs raster des zwiefachen rechts, eines fürs eigentum, eines für habenichtse."

Der parkwächter machte eine pause, eine solche, in der entscheidungen in sekundenschnelle reifen oder verworfen werden, mit verblüffendem resultat, denn nun zitierte er verse aus unglaublich längst zerbröselten zeiten:
"die sich zwar nur aus not vergingen,
jedoch alsbald am galgen hingen.
war's auch bloß um 'ne kleinigkeit;
wenn nur die reichen in sicherheit."

"Wie sich doch die zeiten gleich bleiben, nur die gesichter wechseln."
"Nur verbergen sich die neuen gesichter hinter den masken der künstlichen intelligenzen, ruch des unbestechlichen, ihre untertanen im gleichschritt, süchtig, betäubt im takt ihrer daumenkinos."
"Und wie halten sie sich das alles vom leib?"
"Die regierenden konsuln sind ausschließlich *androiden*. Mein bescheidenes glück, ihnen ist es unter ihrer würde, einen der ihresgleichen als parkwächter zu programmieren, zum anderen eine hang zur nostalgie, für's romantische taugt nur das original."

"Ein kollege von ihnen hatte einst ähnliches bedacht. Wenn roboter zu träumen entdeckten, wer wollte sich dann aber noch unbedingt auf sie verlassen können?"

"Wie können wir's wissen, womöglich träumen sie auf ihre art, könnten sich ja alle nur denkbaren gimmicks in ihre schaltkreise implantieren."
"Wäre doch was sinnvolles. Träumen ist eine gute übung die einbildungskraft zu schärfen," ergänzte Argo, der sich mühe gab, diesen gedanken aufzugreifen.

"Ob die KI's sich ihres schöpfer als ebenbildlich begreifen, sie würden es nicht zugeben. Dennoch, eines träfe zu, sie sind zeugnis menschlicher vermessenheit."

"Sie meinen, *wie der herr so das geschirr*? Doch alles was bequemlichkeit verspricht, wird als *wahnsinns* fortschritt gefeiert, entlastung des denkens als errungenschaft."

"Vom w*ahn sinnig* an den katzentisch verstoßen. Androiden im vorteil, denken ist ihnen an sich keine last, eher ein lustvoller imperativ a priori."

Argo schwieg verlegen, ihm vergegenwärtigten sich frühere begegnungen mit parkwächtern.
"Womöglich deine parallelwelten?" stichelte nun auch noch der dschinn. "Halte dich raus", dachte Argo, und wieder an sein gegenüber:
"Darauf zurück zu kommen, kann doch sein dass die bank mich akzeptiert weil ihre intelligenz überfordert ist, sie sich aber zugunsten des angeklagten entscheidet?"

"Nee, nee, sehen sie nur die bosheit des kunstrasens, lässt nicht einmal die harmlosen Astarte auf ihm herumspringen, geschweige denn mal in ruhe an einem baum zu pinkeln."

Argo's nachdenklichkeit spann ihr eigenes netz, dachte auch an manche worte seines freundes Uncle Jules.
Der wächter, das gespräch wieder aufnehmend, "denke dem reisenden gilt, beutel offen und maul zu halten. Unauffällig."
"Wie man's nimmt, weitgereist heißt noch längst nicht

welterfahren. Ein sprichwort sagt, hätten wir alle *einen* sinn, wir liefen *einen* weg.
Ein guter freund, an den ich eben denken musste, lebt seit jahren im exil auf einem fährschiff, erinnert mich an sie, er hat sich dort mit kleinen diensten im service eingerichtet."
"So wie ich in meinem park."
"Genau, so wie sie in ihrem park. Irgendwo, nirgendwo, wenigstens fern von glanz und glorie der geschichte."
"Die wenigsten wissen dass *fortschritt* nur der name einer rudergaleere ist", fügte der wächter hinzu.

Beide schwiegen. Dann versuchte der wächter das zuletzt gesagte nochmals aufzugreifen:
"Darf ich was persönliches fragen?"
Argo nickte zustimmend.

Derweil sahen sie eine gruppe roboter, eine decke auf dem dem rasen ausgebreitet, sich zu einem gemütlichen picknick niederlassend.
Doch der wächter wollte seinen faden nicht verlieren:
"Wie schaffen sie das nur, sich außerhalb des *distrikts der ausrangierten* so frei zu bewegen, dass sogar diese bank ihre pflichten vergisst."
Er stockte, ein gruppe androiden näherte sich ihnen entlang des weges.
"Warten sie einen moment", er hielt inne, blickte äußerst beunruhigt, und für Argo wie aus heiterem himmel,
"bis auf ein nächstes mal mein freund, wu-wei."
Keine antwort abwartend, nahm augenblicklich seine runde wieder auf, Astarte folgte ihm brav.

Einige der roboter, auf distanz stehen geblieben, mit ihm zugewendeten rücken, sich mit vorgehaltenen apparaten selbst fotografierend. Ein regelrechter wettbewerb sich zu positionieren.
Argo fühlte sich auf seiner bank unwohl, völlig unpassend in den hintergrund der bilder zu geraten. Hatten die androiden ihn als eine nostalgische staffage entdeckt, warum schämten sie sich dann, und standen beim fotografieren geniert mit dem rücken ihm zugewandt?

So schnell wie aufgetaucht, zog die korona auch schon wieder schnatternd weiter, Argo blickte ihnen nach, fragte sich, ob die roboter bei ihrer reproduktion wenigstens auch etwas freude und lust an solcher tätigkeit aufbrächten?

Die eingekehrte stille weitete ihren raum, ziehende wolken, sich wiegende baumkronen, die laute der vögel, doch Argo verharrte seinen gedankenfaden zu ende zu spinnen.
"In in morgendämmerung der menschheit, ihre zukunft viel zu früh stellvertretern anvertraut und das bis heute, ihr noch nicht der tag beschieden wurde."
"Ohhh, oooh", stöhnte der dschinn, gönnte seinem *meister* dessen gedanken dürften sich endlich hoffnungsvolleren und tröstlicheren regionen zuwenden.

vollmondnacht über den baumkronen

Von der fürsorglichkeit seiner bank umhegt, verschlief Argo die meiste zeit dieses von der kette gelassenen hundstages, bis in der einbrechenden dämmerung ein früh aufgehender vollmond mit seinem samtigen licht der nacht die bühne bereitete, er merkte kaum noch, dass sein gefährt ihn abseits der wege, zwischen die bäume hinauf ins luftige gehoben hatte und sich dort schwebend verankerte.

Das geborgte licht der mondin durchflutete das geäst der baumkronen, bis Selene auf steigender bahn ihren zenit erreicht hatte und mit dem sie umgebenden gefunkel des sternenmeeres dem träumer die bühne bereitete.

Sein verweilender blick auf diese ihm anmutende erhabene unbewegtheit, wurde nach und nach und zunehmend häufiger, von *filmstills*, flüchtigen einblendungen seiner visite auf der *Bosporus* überlagert, als liefe nun vor seinen augen der *trailer* eines films ab.

Was immer die regie, treibende kraft dieses traumkurses war, es schien ihn unaufhaltsam in ein noch verborgenes szenario hinfort zu reißen.

Er stand am fuss der treppenaufgänge einer ins gigantisch maßlose überwölbten halle, für einen moment fühlte er sich in die architektur der Stazione Milano Centrale versetzt, ein ort der den menschen gnadenlos auf seine unbedeutende kreatürlichkeit schrumpfen ließ, demütigend, denn diese architektur war menschenwerk.

Statt zu bahngleisen, öffneten sich die treppen oben in eine wüstenlandschaft, endlos die sandige dünung, von winden vorangetrieben, dämmernde helligkeit am horizont, schien einen sonnenaufgang anzukündigen.

Was sich dann aber langsam, silbrig kalt glänzend über den horizont schob, einen züngelnden düsteren schatten voraus werfend, die gewaltige masse eines raumkreuzers der ihm nun auf einer flugbahn niedrigster höhe entgegen wuchs. Die *Themis* war sein erster gedanke.
"Vielleicht eine einladung zum tee, das superhirn dürfte einsam sein", der dschinn versuchte es wohl mit humor.
"Daneben."
"Ein gedanke den du immerhin selbst schon hattest."

"Halte mich an Uncle Jules warnungen. Die expeditionen der *Themis* sind keine vergnügungsreisen."
"Aber auch, dass dieser truppe androider soldateska ein humor-chip fehlt. Das könnte uns zum vorteil gereichen."

"Wie das und was heißt uns? Mir wird immer klarer, dies ist deine fehde, lieber dschinn, verrätst mir nichts, versteckst du dich auch noch hinter meinem rücken."
"Wollte nur deinen witz etwas kitzeln, die einsicht über sich selbst lachen zu können, ist doch aller freiheit anfang, auch fürs einischtige handeln."

"Angenommen, ich sagte zum angreifenden robotkrieger:
Ist das nicht witzig, was muss ich lachen, ausgerechnet mich sünder zu den engelein schicken zu wollen.
Und der androide antwortete: *keine sorge, zur hölle mit dir!* und drückt ab. Ja bravo, sage nur, das war's dann."

"Dann wäre ich herrenlos, wie könnte ich das zulassen?"

Unaufhaltsam und stetig hatte sich die Themis genähert, füllte den horizont in gesamter breite aus und verdeckte nun den gesamten himmel über ihm. Erstarrt sah Argo einen riesigen rüssel aus diesem käferähnlichen raumschiff sich bedrohlich auf ihn zu bewegend, ohne noch die flucht ergreifen zu können, hatte dieses ihn schon mit einem schmatzenden schlürfgeräusch eingesogen.

ein traum im traum?
wer findet da noch durch

"Meister Argo, werd endlich wach, hier im park braut sich was zusammen."
Die stimme des dschinn klingt wie aus einer anderen welt zu ihm herüber. Genügt aber, ein kurzer moment der ablenkung, sich des träumens gewahr zu werden.
"Keine sorge dschinn, sich daran zu erinnern dass man träumt, zu wissen, nichts kann einem was anhaben, macht es doch erst recht vergnüglich weiter zu träumen."
Also dreht er sich wohlig auf die andere seite, brummelt in gedanken an die störung durch den dschinn noch ein, "also, mitten in der nacht, was soll das?"

"Nein, bitte nein, wach auf, der morgen dämmert, es gehen seltsame dinge vor sich."
Blinzelnd reibt sich der schläfer die augen.
"Aber noch sehr früh, hier oben zwischen den bäumen, in der milden nachtluft schläft es sich phantastisch gut", schließt wieder die augen und die bank schaukelt ihn neuen träumen entgegen.
"Nicht doch, werd' wach!" Der dschinn ließ nicht locker.

"In allen häusern der parkstraße finden in diesem moment polizeiliche hausdurchsuchungen statt, die einen werden aufgefordert in ihren wohnungen zu bleiben, sich nicht dran zu stören, sollte es im treppenhaus etwas etwas laut und stürmisch zugehen. An deiner wohnungstür haben sie noch nicht geklingelt."

"Hallo! Das hatten wir doch schon, nur bin ich diesmal nicht anwesend. Diese parkbank ist ein gedicht."
"Bleib endlich wach. Inzwischen werden auch die eingänge des parks von androiden sicherheitskräften abgeriegelt."

Zu des dschinns erleichterung überdachte Argo die situation nochmals genauer, parallelität der ereignisse hin oder her, philosophische fragen werden dieses dilemma nicht schnell genug lösen, wohl besser der intuition zu folgen.
Damit überließ er sich der navigation des dschinn.

Schließlich fand er sich nun ausgerechnet in seiner wohnung wieder

Der morgen hatte längst die dämmerung abgeschüttelt. Auch ohne licht einzuschalten, unübersehbar, zu füssen leerer regale ein durcheinander herausgerissener bücher, ausgekippte schubladen, sogar aufgeschlitzte bettwäsche und matratze.
Als erstes schloss er leise die wohnungstür, hielt sich den fenstern fern, auch so zu sehen, rötliche rauchschwaden die sich über den bäumen langsam in den morgenhimmel verzogen, so als wäre erst kürzlich im park ein feuerwerk veranstaltet worden, zu so früher tageszeit, ganz ohne feierlichkeiten für zuschauer, welche verschwendung.

Er dachte an die mitbewohner des hauses, all diejenigen die ihm so gut wie nie im treppenhaus begegneten, ein eindeutiges wiedererkennen wäre wohl ebenso fraglich wie seine begegnungen mit dem oder den parkwächtern.

Diese häuser, so bevorzugt am rand des parks gelegen, sie waren also als teil des *distrikts der ausrangierten* herunter gestuft, ein letztes menschenreservat? Argo war keinesfalls darauf erpicht mehr darüber herauszufinden als er schon wusste und allzuviel ahnte.
Privatheit galt längst als raub an *geteilter* öffentlichkeit. Die gleichstellung des müßiggängers mit der gesinnung des aufwieglers war ihm schlicht skandalös. Andererseits nichts neues, dachte er, unbeteiligte, schnell verdächtigt und für

schuldig befunden, ungeübt in all den ihnen unbekannten raffinierten schlichen des täuschens, selbstüberzeugten lügens, des sich aus der affäre ziehens.
"Was denkst du, dschinn, auf ein weiteres verbleiben in dieser zeitgeistblase, immer die gleichen rollenverteilungen, bin ich nicht scharf."
"Kannst draus lernen."
"Ist mir schnuppe, dieses drunter und drüber wechselnder perspektiven im wiederholungsmodus, verzichte liebend gern auf weitere runden."

"Denk daran, so viele gute dinge entspringen dem haupt des chaos. Du hast bekanntschaft mit einer intelligenten parkbank machen dürfen."
"Allerdings, und wir verstehen uns ausgesprochen gut, und bleiben in kontakt. Du hattest darüber nur gelästert."

"Sie hatte dir alle möglichen flausen in den kopf gesetzt, und welche mühe, dich in diesen kritischen morgenstunden aus deinen wiegeträumen zurückzuholen."

"Dank für deine getreuliche fürsorge. Aber zu deren pflichten gehört auch, auf mich zu hören, also *beam me up,* bitte jetzt gleich!"
"Immer zu diensten", er muss natürlich das letzte wort haben, dachte Argo, da begannen räume der wahrnehmung sich schon langsam ineinander zu schieben, gleich mehrfach belichteten projektionen fingen an zu rotieren, ein sich beschleunigender strudel, gewandelt in einen wirbel aus kosmischem sternenstaub, ein anblick den bisher nur dem auge des Hubble teleskops gegönnt war, doch er war nicht an die erdumlaufbahn gebunden, fähig einen spiralnebel in den sich auflösenden morgendunst über einer gebirgswiese zu verwandeln, ihn im befreiten sonnenlicht mit einem konzert glitzernder tauperlen empfangend, ein tanzender schmetterling sich in ein flügelschlagendes buch wandelte, zwischen dessen seiten eingetaucht und sogleich wieder fortgerissen in ein weiteres universum.

archäologie der kindheitsträume

Am niedrigen horizont des noch hörbaren, ein stetes tiefes dröhnen, allgegenwärtig, nicht zu lokalisieren, eher meiner vorstellung des tinnitus nahe kommend, als dass es sich wirklich um ein äußeres geräusch handelte.
Unter der dämmerigen decke ein endlos dichtes gespinst seidiger spinnweben.
Vermutlich in einem kellergeschoss.
Fensterlose kahle breite flure, mal verzweigend oder sich kreuzend, notdürftig beleuchtet, entlang der wände bündel an rohren, hier und da geschlossene metallene breite türen, manche von gelb-schwarzen streifen eingerahmt.

Eine stillstehende rolltreppe, die sich freundlicherweise beim betreten in bewegung setzte. Eine etage höher das gleiche bild. Was blieb schon, als sich weiter umzusehen, überall von dem spinnengewebe begleitet.
Versuchte es mit einer weiteren etage, keine erhoffte änderung. Mit jedem schritt wuchs mein argwohn. Gab es nicht doch jemanden, der oder die, meine anwesenheit längst wahrgenommen haben dürfte?
Und wenn's nur das spinnentier war, zuständig für dieses netzgewirke unter der decke und wie anzunehmen, von beträchtlicher größe sein dürfte.
Ohne widerspruch würde ich mich bestimmt nicht so ohne weiteres fassen, einrollen und verpuppen lassen, womöglich noch als komatöse konserve für den späteren nachwuchs frisch gehalten.
"Angsthase, willkommen an bord der *Themis.*"
Der dschinn brach sein bisheriges schweigen, kam bei mir gar nicht gut an.
"Nennst mich willkommen, womöglich in ihrem namen?"
Er bemühte sich sogleich wieder zu beschwichtigen.
"Keine sorge, während der endlosen zeiten des transit hat die androide krawalltruppe der KI dienstfrei, es gibt nichts

zu tun, soll sagen, ihre schaltkreise befinden sich während interstellarer flüge im sparmodus."
"Wie tröstlich, kennst dich aus, dann zeig du mir den weg zur nächsten whisky bar, nach dem glücklich überstandenen hin und her zwischen wohnung und park hätte ich doch was gutes verdient."
"Hier bist du jedenfalls der zeitgeisttyrannei entkommen, so denkbar fern wie möglich."
"Zyniker, vom regen in die traufe."

Vorsichtig überquerte ich eine stahlbrücke die sich über mehrere offen gelegene quergänge spannte. Unglaublich diese dimensionen und vielen stockwerke.

Die sorglosigkeit des dschinn ging mir nicht aus dem kopf. Wenn es jetzt im nu von dienstbeflissenen robotgehilfen nur so wimmelte, sollte ich dann dem nächstbesten kerl guten tag sagen, vielleicht fragen wie ich zur kantine finde, ob's ihm auch gut geht, oder wie das wetter draußen ist?
"Du hast jedenfalls recht daran getan keine der türen zu berührt zu haben."
"Und eine soldateska auf sparmodus, was soll das heißen sie hätten nichts zu tun? Was erklärt diesen soldatischen schlendrian, in allen gängen und fluren wuchern die klebrig gewebten spinnennetze. War selbst mal rekrut, kenne das einmaleins des putzens im Innendienst:
"Rekrut, nennen sie das gefaltet?" Der unteroffizier zerrt die schlafdecke halb von der koje. "Nein, jetzt nicht mehr."
"Nehmen sie haltung an, das heißt: Ja, herr unteroffizier, oder soll ich sie auch zurechtfalten?" "Ja, herr unteroffizier."
"So ist es gut rekrut, sie sehen also ein dass sie eine strafe verdient haben?" "Ja, herr unteroffizier."

"Und was tut's zur sache?"

"Wollte sagen, *the universal soldier,* im universum sicher überall gleich, soldatendasein ist reine zweckexistenz, das denken methodisch verdampft."
"Das problem erübrigt sich bei androiden hilfstruppen, programmiert wie im bienenstaat."

"Wir menschen bezichtigen uns selbst des zu beseitigenden sicherheitsrisikos, die dümmste und die allerschlechteste alternative zum *wahn sinn*."
Das schweigen des dschinn war auch eine antwort.
"Das bleibt aber festzuhalten, auf meiner liste touristischer sehenswürdigkeiten hat die *Themis* keinen platz."
"Oh doch, dein kürzlicher traum, dramatischer auftakt eines kosmischen showdowns.
*A*us dem sonnenaufgang über dem dünengewoge der wüste schob sich die *Themis* ins tageslicht, waffenlos gegenüber dem herz der finsternis, dieses glorreiche finale musste ich dir leider verderben, dich mühsam wachrütteln, im letzten moment weitaus naheliegenderen gefahren zu entfliehen."

"Eigenwilliger traumdeuter. Was und wie's dir beliebt, du liest daraus heimliche wünsche. Gibt es ein dschinn tribunal vor dem ich dich verklagen könnte?"
"Wo wir grad hier an bord sind, reich doch deine klage bei der *Themis* ein, sie ist auf keinem auge blind.
Bei deinem pazifistischen verzicht auf waffen, da wirst du nicht umhin kommen, die scharfe klinge subversiver, oder zumindest verwirrender rede ziehen müssen, doch den vergleich des fechtens lehnst du wohl ebenfalls ab."

"Du lenkst ab. Die automatische justitia dürfte eher hinter dir her sein. Ich bin der bauer im schachspiel."
"Aber aber, handeln aus eigeninteresse ist mir fremd, doch dein vergleich hat was, du in der uniform eines der offiziere auf dem schachbrett agierend, schwer vorstellbar. Dürftest du ja schon aus überzeugung ablehnen."
"Und für dich müsste man den joker aus dem kartenspiel einführen."
"Entspräche meinen fähigkeiten, allen figuren auf dem feld heimlich die ihnen vorgedachten züge ablauschen, und dem bauern unangefochten auf gegnerischem grund zur dame verhelfen."
"Der lauscher an der wand wird doch nur auf sich selbst gespiegelt."
"Nicht wir dschinn. Bleiben nicht an der oberfläche haften."

Seltsam,dem dschinn bleiben abbildungen eindimensionale oberflächen, von keinem interesse, doch in der sprache will er nicht auf bilder verzichten, was ihm kein widerspruch zu sein scheint, diesem schachstrategen.
"Erfreulich, deine gedanken gewinnen endlich wieder eine hellere seite."

Musste ich mich ja beschäftigen, dieses sinnlose ermüdende wandern durch eintönig immer gleiche flure, wenigstens innerlich den faden wieder aufnehmen. Bilder im kopf können nicht losgelöst, rein an sich existieren. Dachte an Leopold Bloom, dem ja Dublin schon reichte nicht mehr zwischen stadtplan und gedankenstrom unterscheiden zu können, oder besser auch nicht zu wollen. Das war seine matrix.

"Du verstehst meine dienste also doch wert zu schätzen."
"Zumindest brauchte jener Bloom keinen geist an seiner seite. Der sohn seines freundes Dädalus dagegen schon. Er musste sich allerdings in diesem trauma mit dem geist von Hamlets vater begnügen."

Wieder einmal überquerte ich eine stahlbrücke, hoch über dem abgrund all der etagen die ich schon geschafft hatte, doch dann das unerwartete, ungläubiges innehalten.
Vor mir öffnete sich dem atemberaubten blick eine hohe halle, überwölbt von einem dom unermesslichen ausmaßes, alle gefahren vergessend, eine erhabener anblick.

der ghost-narrator übernimmt die niederschrift

Das spinnengespinst wandelte sich hier in großer höhe der gewaltigen kuppel zu einem streng geometrisch gewebten netz, ringsum am hohen seitenrund der halle befestigt. Diese weberin dürfte unsagbare zeit benötigt haben, sich mit derartigem fleiss des schiffes zu bemächtigen.
In der mitte des ansonsten weitläufig leeren raumes, nur vage erkennbar, eine steile phyramide mit flimmernden bildschirmen, schaltkonsolen mit blinkenden lämpchen, mehrstöckig, bis unter die pyramidenspitze.

Er stand viel zu weit entfernt um dort sich aufhaltende einzelne personen auszumachen.
Aus dieser gruppe löste sich eine gestalt, bewegte sich in seine richtung, haltung und gang menschlich, zu unseres reisenden erleichterung, zivil gekleidet, eine römischen toga übergeworfen.
Aber reicht eine blütenreine toga als zeichen für zivilität?
Schon stand der mann vor ihm.
"Ich bin Cäsar und begrüße den fremden als freund."
Freundschaft auf den lippen eines Cäsar, Argo schwieg.

Der imperator weiter, "aber mein gast kommt nicht allein."
"Sehen sie um sich, bin ohne begleitung."
"Ohne hilfe hätten sie hier nicht eindringen können. Lassen wir das für später. Dies ist ein militärisch abgeschirmter raumkreuzer in friedenserhaltender mission."

"Bitte anmerken zu dürfen, militärisch gestützte missionen stehen dem frieden wohl eher im weg. Sehen sie, bin zivilist, beweisen sie lieber ihr redliches ansinnen."
"Sie sind ausdrücklich mein gast. Doch gibt es berechtigte fragen betreffend ihrer ankunft."
Inzwischen hatte sich uns eine übergroße feminine androide gestalt zugesellt, eine römische gladiatorin im waffenrock, mit spitzem dolch und schwert bestückt, ausreichend Argo eines vorsichtigen einlenkens zu überzeugen.

"Meine anwesenheit ist nicht freiwillig, reise als tourist, die schönheiten des universums. Träume öffnen so manche verborgenen orte, leider auch solche grabkammern, in denen spinnen ihr leichentuch weben."
"Was reden sie für einen quatsch. Die *Themis* ist kein kreuzfahrtschiff das jemals in einem katalog kosmischer reisempfehlungen erwähnt werden würde."

"Die sagenhafte Arachne, die schutzpatronin der zivilen künste, falls sie hier wirkt und webt, das urteil der götter war ungerecht. Sie und Prometheus sind meine helden."
Cäsar wirkte angestrengt, angesichts dieser situation schien ihm seine einstige redekunst im senat recht eindimensional.

Er versuchte sein gegenüber genauer zu taxieren.
"Was immer ihre anwesenheit erklärbar machen könnte, mir bleibt vorerst nur, mit der *Themis* zu rate gehen. In dem einen chorraum uns axial direkt gegenüber, finden sie meine private bibliothek, wie gesagt, sie sind mein gast, warten sie dort auf meine rückkehr."

Erleichterung für den moment diesen Cäsaren und seine einschüchternde begleiterin los zu sein, doch dann hielt ihn ersterer nochmals zurück.
"Gehen sie unbedingt außen herum."
Bedeutete dies mit gebieterischer geste machte sich wieder auf den weg zurück in richtung flimmernder steil aufragender phyramide in der hallenmitte, wo vermutlich das alles beherrschende, zentrale elektronenhirn sein digitales netz webt, anderen ursprungs das netz hoch oben, beides weltgespinste, war's eine symbiose, aber wer spinnt nun hier wen in seine gegenwelt ein?
Argo hielt sich an den seitenrund der halle. Hoch über ihm begannen die fäden des spinnennetzes zu rucken und zucken, fäden vibrierten bedrohlich als könnten sie jeden moment zerreißen, doch dann trat wieder ruhe ein. Nur auf dem boden noch ein schwacher schatten der ihm folgte und sich dann ebenfalls verlor.

In der bibliothek des Cäsar

Weiter unbehelligt, gelang er zum seitenchor, erstaunt eine wirkliche bibliothek vorzufinden, hohe bücheregale mit eingehängten beweglichen leitern, tische für studierende, grünlich beschirmte lampen, gepolsterte stühle, und erstaunt entdeckte er, in der höhe der halbkuppel war der raum von jeglichem spinnengewebe befreit.

"Ruh dich jetzt besser aus", so der dschinn, "wir sind gut vorangekommen, noch lange nicht am ziel."
"Dir beliebt *wir* zu sagen, darf ich nach *unserem* plan fragen?"
"Es gibt keinen."
"Ist ja großartig, sehr beruhigend."

"Wenn dir als kind märchen vorgelesen wurden, du wolltest doch auch nicht erst das ende hören? Und das ist in diesem fall unbekannt, aber ich tue mein bestes."
"Was hat dich zu dieser unternehmung bewegt, schieb' es nicht dem autor in die schuhe."
"Bleib nur dir verpflichtet, seh's mal so, auch verschollene kinder- und jugendträume nehme ich ernst."
"Bleibt immeer noch festzuhalten, die *Themis* ist eine völlig neue nummer."

"Deine verschütteten erinnerungen geben mehr her als dir je gegenwärtig. Da sind die reisen des *sleepboot de Kraak* oder die von *Nick der weltraumfahrer*, deine fantasie unterwegs, auf hoher see und im meer der sterne."
"Daraus extrahierst du reisewünsche? Deine Archäologie sollte die schichten unschuldiger kindheitsträume etwas umsichtiger abtragen. Du benutzt mich um deiner eigenen langeweile zu entgehen."
Argo machte eine pause und sah sich um.
"Warte mal, sag bloß du siehst das nicht?"

Er erhob sich aus dem polsterstuhl, trat vorsichtig an einen großflächigen vollgestellten tisch in der raummitte. Neben zurückgelassenen, teilweise aufgeschlagenen büchern und heften, unübersehbar, eine ganze anzahl unterschiedlicher modelle des *universal grinder.* Ungläubig starrte er von einem zum anderen.
"Guter dschinn, was geht hier vor?"
"Diese geräte sind unbehaust, denk' an meine vorsorge, statt des *universal grinders*, habe ich mich längst eines bescheideneren gehäuses bequemt, bleibt doch von rein symbolischem wert."
Unwillkürlich tastete Argo nach der brosche unter dem revers seines mantels, und dem zugehörigen medaillon.
"Beruhigt? Euch menschen ärgste feinde sind die eigenen ängste, und dass die eigenen grassierende ängste einer gesamten spezies ihr ende einläuten können, alles schon dagewesen. Das system *Omega24* nicht ausgenommen, ebenso die Erde in diesem trend gut dabei."

"Habt ihr dschinn gar eine geheime mission, erziehung des menschengeschlechts?"
"Zu hoch gegriffen, die spreu des menschlichen fortschritts ist viel interessanter."
"Ein janusgesichtiger begriff. Stehe lieber zurück, überlasse ich anderen sich daraus eine maxime zu basteln."
"Na also, solltest dem Sahib Wu-Wei danken."
"Scheint dir bisher entgangen, in der schule taufte mich ein lehrer Sh'rat, war ihm zu unaufmerksam, fand's aber wenig schmeichelhaft angesichts der mädchen in der klasse."
"Aber den schwebetrick hattest du nicht drauf?"
"Habe ich mit meiner parkbank nachgeholt."

Im zentrum der kuppelhalle, dort wo sich diese anlage eines mehrstöckigen rechenzentrums befand, da tat sich was, unübersehbar, hünenhafte wachen martialisch ausgerüstete kampfroboter hatten in einem ring um die anlage posten bezogen, regungslos, als warteten sie auf weitere befehle, oder waren aus ihrem sparmodus noch nicht ganz erwacht.

Eine gruppe löste sich in richtung bibliothek. Argo erkannte Cäsar, eskortiert von einem dieser kolosse und die neben diesem regelrecht grazil wirkende römische gladiatorin.

"Salve", rief ihm der togagekleidete zu, einen arm zum gruß erhoben, als handelte es sich um einen offiziellen empfang, blieb stehen und wartete bis der massige kampfkoloss mit seinem stampfenden gang aufgeschlossen hatte.

"Nehme an sie haben sich etwas stärken können."
"Ein kaffee hätte mir gut getan, mühlen reichlich, keine bohnen zum mahlen, geschweige denn geschirr, heiß wasser, milch und zucker, oder habe ich was übersehen?"

"Sie nicht, aber ich, war auf ihren besuch nicht vorbereitet, das dürften sie entschuldigen", entgegnete Cäsar.

Der robotkrieger, entweder misstrauisch oder schwerhörig, rückte immer dichter heran, in seinem sehschlitz wanderte ein rotes licht hin und her.

Cäsar kam unverzüglich zur sache:
"Die Themis hatte höchste alarmstufe ausgerufen. Da gibt es für uns alle großen klärungsbedarf."

"Mir ist nichts verdächtiges begegnet", konstatierte Argo, blickte nach oben, "frei von spinnweben, wie angenehm."
"Als nächstes spintisieren sie übers wetter."
"Gehört zum grillen fangen. So die faulenzende soldateska, ordentlicher stubendienst ist deren sache nicht."

Der halslose kopf des blechriesen ruckelte auf der massiven schulter, versuchte den blicken in die höhe zu folgen.
Die androide gladiatorin blieb entspannt, war anzunehmen, sie diente nur Cäsars persönlichem schutz.

Cäsar: "Die fäden ihres netzes, spreche von Arachne, sind eine beachtliche erweiterung ihrer sinne. Keine sorge, stehe mit ihr auf gutem fuss. Doch nun wieder zu ihren grillen. Weshalb sind Sie hier eingedrungen?"

"Kein schönes wort, *gestrandet* ist besser."
"Hatten gelegenheit sich reichlich umzusehen, unentdeckt schiffsbereiche durchstöbert, die selbst honorige geladene gäste nie zu sehen bekommen."

"Die glücklichen, macht keine freude in den unbeschilderten endlosen gängen umherzuirren, habe dabei wie verzweifelt die rezeption gesucht."

Cäsar, für einen moment aus dem blickfeld des riesenrobots getreten, hielt, wie zu einem zeichen, seine hand zur muschel gewölbt, hinter ein ohr, dann wieder laut und vernehmlich:
"Wir sind hier unter uns und können frei reden."
"Danke für das vertrauen, dann will ich ehrlich sein, es war nicht meine absicht, hier einzudringen. Wie von mir schon dargestellt, hatte ein problem der navigation. Ein zivilist und weltbürger versteht sich auf diskretion. Wenn auch die atmosphäre auf diesem schiff zu wünschen übrig lässt, und waffenarsenale keine kornkammern des friedens sind, bin weder von der steuer, noch aus sonstigem interesse hier."

"Die *Themis* ist ein engel der gerechtigkeit."
"Ist sie über *Omega24* schon jemals hinaus gekommen?"
"Sie reden als beanspruchten sie diese dinge von externer warte betrachten zu können."
"Danke, da das geklärt ist, wo waren wir stehen geblieben? Ach ja, *gestrandet,* ultimativ besser gesagt *havariert*."
"Sie strapazieren meine geduld."
"Da hilft der weise rat eines bekannten, *geduld überwindet alles, im glück sind wir alle geduldig, die stärke wächst im geduldgarten.*"
"Hören sie auf!"
"Wollte also höflichst nach dem weg fragen, improvisiert angedockt, doch mein kleines raumboot löste sich, trieb ab und verglühte in den antriebsdüsen dieses ungastlichen riesenschiffes. Hatte mich schließlich nur über einen der lüftungsschächte ins innere retten können."
"Das nehme ich ihnen natürlich ab."
"Fehlt ihnen zum glück nicht an fantasie. Auch das hiermit beizeiten reklamiert zu haben, mir steht entschädigung zu, darf also auf entgegenkommen bauen",
machte eine kunstpause und bevor sein gegenüber etwas erwidern konnte:
"Reise immer mit büchern, welch unersetzlicher schaden. All diese umstände, bin etwas dehydriert, ein kaffee hätte ganz gut getan, wie gesagt, das mit den kaffeemühlen auf jenem tisch scheint mir ein schlechter scherz",
ein kurzes atemholen:
"Es sollte mir zustehen, wenigstens ein notsignal senden zu dürfen, dann wäret ihr mich am ehesten wieder los."

Argo war's, als glotzte ihn der robotkoloss die ganze zeit durch seinen sehschlitz wie blöd an, wahrscheinlich auch zuständig für die aufzeichnung eines protokolls, ohne selbst zu begreifen. Sein angestammtes metier betraf wohl mehr die versierte handhabung der vielseitigen tötungsutensilien seiner ausrüstung.
Doch nun salutierte er schwerfällig vor Cäsar, und entfernte sich, tapsigen ganges zurück ins zentrum der halle.

Der leicht genervte Cäsar wirkte erleichtert, reichte Argo die hand.
"Dennoch, mein dank für ihr ausdauerndes gequatsche, muss ja auch gekonnt sein. Selbst galt ich einst als ein mit allen wassern gewaschener, ausgekochter geschäftsmann, hier bin ich an meine grenzen gestoßen."
Er zeigte zur hallenmitte, "eine pause, vorläufig, nutzen sie die gelegenheit, machen sich davon, wie gekommen. Nur keine sorge um meine person. Doch rechne ich künftig mit ihrer hilfe."
Damit machte auch er sich, in begleitung der gladiatorin, wieder auf den weg zurück ins hallenzentrum.

Argo blickte ihm lange nach, doch was gingen ihn die geschäfte eines herrn Julius Cäsar an, warum sollte er sich um ihn sorgen?
Der wirkungskreis des tribun auf intergalaktisches terrain erweitert, ob mit oder ohne doppelgänger, jederzeit und überall seine numinose präsenz zu beweisen? Müßige frage angesichts Argo's erfahrungen mit parkwächter existenzen. Manche personalien bleiben einfach unsterblich.
Geschäftsmann oder generalissimo, beiden strategen ist die menge nur knetbare masse oder opfergabe den heiligen kanonenrohren.

Nun schaltet sich der dschinn ein, "meister, schlagen wir uns für heute in die büsche, das heißt, wie Cäsar sagte, es eilt, könnte hier gleich einiges aus dem lot geraten."
"Natürlich", dachte Argo, der übliche schwindel ergriff ihn, das gefühl zu stürzen, ohne auf dem boden aufzuschlagen begann zu fliegen, hörte noch mit tausenfachem echo letzte worte des dschinn.
"Mein pazifistischer sonderling ... mehr erreicht als ... als alle armeen."

Neee, neee nee ... *kein haar für die welt*, dachte Argo ... ein Bourbon ... ein windstiller hafen ... nicht königreiche ... auf pferden sitzt es sich viel zu hoch ... *tun was ohne tun, schaffen was ohne geschäft* ... was ... eben das, wu wei ...

Eine parkbank auf dem taxistand

Das von der tagesglut sich erholende, sanft goldene licht eines sommerabends, Versonnener blick aus dem fenster des *Divin' Duck.* Seine ankunft ereignete sich unbemerkt. Am nebentisch ein junges pärchen, einander selbst nicht wahrnehmend, in ihre daumenkinos vertieft.

"Will der Herr nicht doch gleich an der bar platz nehmen?"
Die gegenwart gewann langsam feste konturen.
"Guter vorschlag, lassen wir uns noch etwas zeit."
Der ober nickte verständnisvoll und entfernte sich.

Jetzt verweilte sein blick auf der gegenüberliegenden seite der straße, passanten mit flüchtigen auftritten, doch einer mauserte sich zum hauptdarsteller.
Im hausschatten hatte sich ein älterer Herr positioniert, bewegungslos, dunkle sonnenbrille, abgetragene kleidung, seinen hut wie zur kollekte am halb ausgestreckten arm. Ab und zu wurde seine geduld mit einer spende belohnt.
Schließlich machte dieser sich zum gehen auf, stopfte das geld aus seinem hut in die hosentasche, nahm die brille ab. Nun erkannte er den unbeugsamen alten, scharfzüngigen thekennachbar seines letzten besuchs hier im *Duck*. Der verließ nun die bühne, seelenruhe des flaneurs, umspült von eiligen passanten verlor er sich aus Argo's blick.

Später wechselte unser rückkehrer aus dem transit an die bartheke. Nippte nachdenklich, an einem Bourbon auf eis, zur stärkung mit einem espresso verrührt, versuchte die loosen enden seiner erinnerungen aus dem reich *Themis* zu einem sinngebenden bild zu flechten, vorausgesetzt sein besuch hatte wirklich stattgefunden.
Der dschinn schwieg.
Statt dessen, unerwartet, ganz nahe, eine sirenstimme, weiche lippen berührten sein ohr und flüsterten, *"I'd dive to the bottom, I'd never ever come up."*

Schon hatte sie neben ihm an der bar platz genommen. "Aha, wir sind beim Bourbon, ja also dann."

Sie blickte entlang des tresens, da näherte sich schon der aufmerksame barkeeper, stellte unaufgefordert eine volle flasche vor ihnen auf die theke. Achtete im weiteren nur noch auf die regelmäßige versorgung mit frischem eis.

Lucy musste gute nachrichten haben, keine trauer über ihren verschwundenen freund, wusste aber kaum, wo zu beginnen.
"Hör mir zu, mein lieber. Die welt ist verrückt."
"ja klar, von hier nach da, nach dort oder wieder zurück."

"Sage ich doch, es passieren verrückte dinge. Bin zurück im job bei dem psychiater, er darf wieder praktizieren, in seiner klinik wurde nichts belastendes gefunden, du weißt, die nachricht über Alex, unserem überdrehten superreichen klienten."
"Wie du von ihm so sprichst, das wundert mich nun doch."
"Also, was ist denn davon zu halten, er hat seinem arzt eine ansichtskarte aus Rio Branco, oder Bronco, irgendein nest in den urwäldern Brasiliens geschickt, mir aber nicht."

"Ein in Bankok als tot erklärter taucht im Amazonas wieder auf? Dürfte ihm schwer fallen, dort eine stabile verbindung zu seinen virtuellen spielerkollegen aufzubauen."

"Du sorgst dich um ihn? Das körperliche zur avatar nummer zu erklären war mir schnuppe, hinderte ihn ja nicht für meine erwartungen eine klasse nummer zu sein. Aber welch durchgeknalltes *sosein* führte er wohl im virtuellen, du sagst es, nun sitzt er auf dem trockenen, sollte sich besser mal an mich erinnern. Analoges *dasein* ist doch immer noch das realste, nicht?"
"Wo du recht hast, hast du recht, wie du das so sagst, wer wollte dir widersprechen."
"Halte dich fest, das verrückteste kommt noch. Mein chef hat einen neuen, gleichfalls gut zahlenden patienten, und rate mal um wen es sich handelt."
"Irgendein politiker, der einsichtig geworden ist?"

"Unsinn, die meisten sind doch immun. Nein, es ist mein vorgänger chef, der patentanwalt, bei dem du vorsprechen wolltest. Denk dir mal, ist die welt nicht wirklich verrückt?"

"Möchte sagen, einfach nur klein", und mit einem leichten hauch schlechten gewissens, "na und, was soll's schon?"

"Was heißt *na und,* er zahlt gut, nur leidet er am verlust seines gedächtnisses. Das findet man ja nicht im papierkorb wieder, sondern nur in sich selbst."
"Papierkörbe haben's auch nicht leicht."
"Hör du auf! Selbst mich erkennt er nicht mehr. Seine erinnerungen sind ihm komplett abhanden gekommen, löcherig wie, ja wie, auch egal wie, doch immerhin, seine kreditkarten haben ihn identifiziert, ihm sein beträchtliches vermögen wieder verfügbar gemacht und das macht ihn zu einem lukrativen patienten."

"Wenn er nun während der therapie sein gedächtnis wieder finden sollte?"
"Darum geht's doch, kommt langsam auf spur, keine rede mehr von uhren die zu schnell laufen, und das wichtigste, ich gefalle ihm. Wüsste er endlich, dass er ein erfolgreicher patentanwalt ist, er würde mich sicher sofort wieder einstellen. Könnte dann sogar als erstes den damals versprochenen neuen termin für dich arrangieren. Du hast doch sicherlich deine erfindung gut aufbewahrt?"

"Lucy, geliebter hafen, träume sind keine nägel die wir ins glücksrad einschlagen können, uns dran festzuhalten. Ein kluger mann hat mal gesagt, *kein sollen aus den sein.* Jetzt sind wir hier und nichts weiter."

"Deine reden können einem das verstehen ganz schön in die klemme bringen. Mag's zwar, solange ich nicht wirklich drüber nachdenke. Aber ich hab's begriffen, also auf das hier und jetzt, mein lieber."

Die gläser nachgefüllt, der klang des zerspringenden eises in ihren gläsern, zeit des innehaltens, die saat der nachdenklichkeit, Lucy wiederholte ihre frage:

"Aber du hast doch deine erfindung gut aufbewahrt?"
"Besser als du denkst, doch dein anwalt hatte recht, es ist eigentlich gar keine erfindung."
"Du hattest ihn doch gar nicht sprechen können?"

"An dem punkt waren wir damals schon, du erinnerst dich? Wir haben's klugerweise auf sich beruhen lassen, sollten wir auch jetzt tun."
"Weißt du was, du bist ein echter freak. Auch wenn ich vieles nicht verstehe, habe aber ein gutes gehör, ein gespür für einklang oder mißklang."

Was sollte ich darauf antworten, doch sie hatte noch weitere neuigkeiten:
"Du erinnerst dich an den verkannten erfinder mit seiner guten laune kappe?"
"Irgendwie bedauerte ich ihn, harmlos wie ein regenwurm."

"Wie du meinst. Habe ihn kürzlich im TV gesehen. Er ist in die politik gewechselt, in höchste regionen aufgestiegen."
"Galaktische dimensionen womöglich?"
"Du mit deinen späßen. Er wurde interviewt, seine aufgabe als pressesprecher eines präsidenten wäre, nachrichten mit bester-laune-stimmung zu versehen."

Das ergab reichlich anlass für alle mögliche amüsante philosophische betrachtungen.
Bald wurde an der theke die feierabendsglocke zum zweiten mal geläutet. Argo nahm allen mut zusammen, wechselte das thema.
"Du hast mich ein anderes mal damit aufziehen wollen, mir beliebte es auf einer parkbank zu nächtigen."
"Habe ich dir gründlich ausgetrieben, du bereust das doch wohl nicht?"

"Keineswegs. Aber diesmal lade ich dich dennoch auf eine nacht unter den sternen ein, auf meiner parkbank die nur darauf wartet, uns in den nachthimmel zu entführen."
"Das ist nicht dein ernst."
"Oh doch, du wirst sehen. Diese bank ist mir ergeben. Habe sie zur letzten stunde, eh der barkeeper ein drittes mal

die glocke schlägt, auf den taxiparkplatz bestellt."
"Was du wieder so redest, bin gespannt."

Der rest der flasche reichte gerade noch für zwei absacker, der barkeeper hielt mit seiner ungeduld nicht hinterm berg, "immer die gleichen gäste, die kein ende finden können."

Draußen vor dem pub, abfahrende taxen, doch zwischen den wartenden stand die parkbank, zur empörung aller hinzukommenden fahrer, sie war ihnen im weg, ohne zu ahnen das es sich hier um eine wirkliche konkurrenz handelte. Sie störten sich an dem verantwortungslos abgestellten möbilar, als ob ein solches abstellrecht in den straßen nur den autos zustände. Warum kam noch niemand auf die idee autos als sperrmüll entsorgen zu lassen, wenn sie denn wie üblich auf fahrradwegen, bürgersteigen, ja selbst auf den park promenaden abgestellt wurden.

"Meister, unnötig sich über laster und unzulänglichkeiten anderer zu mockieren", mahnte der dschinn, "überlass das selbstgerechten empörern oder gesinnungsaufspürern. Wie sagtest du doch gleich, *kein sollen aus dem sein*, also bleib im hier und jetzt, wu-wei."

Mittlerweile war die entrüstung der versammelten taxifahrer angewachsen, sei rotteten sich zusammen, und als Argo und Lucy auf der bank platz nahmen, noch ehe einer aus dem kreis der sich immer enger um sie schließenden erregten meute, ihren zorn an ihnen handgreiflich abladen konnte, schwebten sie über offenen mäulern mit ihrer *lufttaxi* langsam in die höhe, aus sicherem abstand winkten sie erleichtert ein frivoles adieu hinunter.

Die automobilisten glotzen ihnen hinterher, nicht einmal ein irgendwie angebrachtes kennzeichen um anzeige erstatten zu können, so entschwand das gefährt vor ihren augen im nachthimmel der metropole, weit über deren dunstglocke, sich über ihnen der sternenglanz wölbte, und unsere beiden passagiere diese in sich verkeilte welt vergaßen. Zumindest für einige zeit. Aber wer will zeit auf welche weise hinreichend messen?

licenza

Nachdem nun wesentliche fragen des lebens getreulich behandelt wurden, alleine der gute wille dazu ist ohne einschränkung für gut zu halten, (gemäß zeugenschaft des Immanuel Kant), bliebe doch die frage welch fruchtbare schlüsse der leser daraus zieht, fallen sie doch niemandem in den schoß.
Die richtschnur des zeitgeistigen anzulegen dürfte hinderlich sein. Der enthaltung von politisch korrekten meinungen, gar der meinungslosigkeit selbst, eine verunglimpfung der eigenen fragilen persönlichen identität vorzuhalten, dem vorbeugend ein guter rat aus dem handbuch der

"universal grinder franchise"

erste empfehlung:
Innnehalten

Digital süchtige, daumen weg vom *display*, keinesfalls als ersten reflex *hashtaggen* um dampf abzulassen.

zweite empfehlung:
Innnehalten

Sich dem freien lauf des nichtstun überlassen.

dritte empfehlung:
Innnehalten

Es gibt keinen zwang zu allem eine meinung haben zu müssen.

Mag auf diesem kleinen entlegenen planeten, der mensch dazu neigen, diesen mit fortschrittseifer, unter zwang zu ununterbrochenem konsum von gütern und cellophanierten gedanken zu einer strafkolonie umzugestalten, nie zu spät zu versuchen, ein einigermaßen verträgliches miteinander auszuhandeln, beginnend mit dem schutz des privaten, des essentiellen *soseins*.

Nicht der welt vorangehen, innehalten, wie soll sich anders der gesichtskreis erweitern, zu erkennen, wie selten wir selbständiges denken üben.
(das in der tradition des chinesen Lao-tzu)

Bingo!
ein bonus der
»universal grinder franchise«
allen unverzagten stillvergnügten lesern
sowie den indignierten
und doch bis zur bitteren neige lesenden

die fabel vom *Sein* und dem *Stein*

einst auf einem kleinen planeten III

Gedämpftes rauschen ferner meeresbrandung, gurgelndes plätschern des zwischen dem ufergestein gleichmäßig steigenden und abfallenden wassers, erlahmende kräfte der weit draußen hoch aufgerichteten, unablässig anrollenden, geschlossenen reihen mächtiger wellenkämme, flutende wärme einer hochstehenden mittagssonne, all das versetzt den alten granitfels in behagliche ruhe, und gleicherweise auf seinem bauch döst seine freundin, die eidechse.

Es ist ein grauer, leicht rötlich schimmernder, von schmalen eisernen adern durchwachsener fels, tief eingefurchte schrammen und glatt geschliffene rundungen prägen seine gestalt. Er trägt die zeichnungen der zeit mit würde.

Ein schatten gleitet über die schläfrige idylle. Die eidechse huscht in einen geschützten winkel unter dem fels. Seltsam nur, nichts und niemand, nicht einmal das kleinste wölkchen ist als urheber diese schattens auszumachen.

"Ein herrenloser schatten, welches paradox", wundert sich der alte stein. Groß das erstaunen, unvermittelt auf die halblaut gedachten worte einfach so, unsichtbar, aus dem blau des himmels, scheint jemand antwort zu geben.

"Lieber stein, bitte habe einen moment geduld, hör mich an. Ich weiß niemanden dem ich mich in meiner not noch mitteilen könnte. Philosophen haben mich, das *Sein*, ein *Ding an sich* getauft, aber nie aus den nebelschleiern ihrer spekulationen ins licht der welt entlassen. Hab geduld, komme nun zum wesentlichen.
Dieser schatten ist einer meiner letzten versuche, gestalt anzunehmen. Die eidechse hat ihn sofort gespürt, ein hoffnungsvolles zeichen, ich könnte es am ende noch zu euch hinüber schaffen."

Dem granit ist aufgefallen, dass dieser schatten zwar eine art trübung des lichts bewirkt, aber nicht im mindesten der sonne wärme mindert.
"Also verehrtes *Sein*, oder *Ding an sich*, zu einem echten schatten scheint es nicht so recht zu reichen, halten wir das mal fest. Als was willst du denn gestalt annehmen? Ich, ein stein, ohne das T wäre vielleicht selbst nur ein *sein* von unscharfer gestalt, gleich dir, wer weiß das schon."

"Ich bin enttäuscht, statt mir mut zuzusprechen ... "
"Nicht doch, also ein kleiner tipp, suche du das *Nichts* auf, es führt einen stattlichen hof, einfach durchfragen, leicht zu finden."

"Ooohh, vom *Nichts* habe ich gehört, ist das nicht von allzu gegensätzlicher natur zu mir?"

"Von natur kann bei euch doch sowieso nicht die rede sein, gespenster, die ihr seid."
"Jetzt entmutigst du mich wieder."

"Hör weiter zu, dann sag dem *Nichts* folgendes:
Nichts ist nicht, denn Nichts kann niemals sein.
Kannst du dir das merken, dann wird alles gut."

Mittlerweile ist die kleine eidechse vorsichtig aus ihrem versteck hervorgekommen und hat wieder auf dem bauch des freundes platz genommen. Für gespräche dieser art ist sie taub, aber immerhin scheint die lage beruhigt.
Tatsächlich, der alte granit erhält auf seinen wohl gemeinten rat keine weitere antwort, und der schein eines schattens hat sich verzogen.

Es mag naheliegend sein, anzunehmen, steine hätten ein nur schwach ausgeprägtes verhältnis zu den ereignissen in der welt. Zu stunden und tagen wohl sowieso, doch selbst mondumläufe, jahreszeiten, ja selbst jahrhunderte seien für sie von zeitlosigkeit erfüllt, ein dem menschen sowieso unvorstellbarer begriff von dauer.

So ganz aus der zeit ist der alte granit allerdings nicht, wie sich gleich zeigen wird.

Eines tages, angesichts eines grandios über land und meer gespannten regenbogens, dessen schillerndes farbenspiel bereitet dem stein immer besondere freude, da erreicht ihn mit einem mal wieder die nicht vergessene stimme des *Seins* (oder des *Ding an sich*), unvermittelt, wie aus dem nirgendwo.

"Schön dich wiederzutreffen,
lieber alter rostbraun grauer fels,
erinnerst du dich an mich,
an das *Sein,* das dich einst um rat gebeten hat?"

"Ich bin mehr als überrascht, erfreut sage ich, was ist denn aus deinen schattenübungen geworden?"

"Alle versuche, in deiner welt gestalt anzunehmen hatte ich nach unserer ersten begegnung aufgegeben. Jetzt bin ich die braut des regenbogens, und da ist etwas, wofür ich mich bei dir bedanken möchte."

"Ja, erzähl nur, bin gespannt, wie nur ein fels sein kann."

"Es war dein rat, habe beim hochwohlgeborenen *Nichts* um ein audienz gebeten. Im beisein seiner geheimsten hofräte, einflüsterer und einschmeichler, unter anderen der *Leere* und der *Maya*, stand ich dem *Nichts* gegenüber, kam mir vor wie ein verschwörer, als ich sagte:

"Hoheitliches *Nichts*, ich fasse mich kurz",
und wie eine zauberformel aufsagend fuhr ich fort,
"*Nichts ist nicht, und nichts kann niemals sein.*"

Darauf blähte sich mein gegenüber gewaltig auf, verschlang in unersättlicher gefräßigkeit seine neben ihm stehenden minister, narren und ratgeber. Ich dachte, mit dem nächsten haps wäre auch ich dran.
Da schien es, als müsste das *Nichts* sich mit einem mal übergeben, aus seinem schlund quoll ein nicht endender lichtstrom.
Für einen augenblick wurde es sogar so hell, dass ich mich abwenden musste.

Danach war der ständige nebel meines dämmerigen sonnenlosen daseins einer gleichmäßigen freundlichen helligkeit gewichen. Das *Nichts* war fort, wohin auch immer. Mir blieb eine versöhnlich heitere stimmung, als strömte frische frühlingsluft durch weit geöffnete fenster. Ich war beglückt.
Die dinge nahmen für mich einen günstigen verlauf. Kaum hatte die neue farbigkeit in meiner welt einzug gehalten, habe ich mich eines tages in den regenbogen verliebt, steht er doch mit seinen zwei füßen in meinem reich, spannt seinen bogen sichtbar über eure welt.
Durch unsere liebe sind wir eins geworden. Schatten hin und schatten her, das bedeutet dem regenbogen nichts, er selbst hat schließlich auch keinen."

Der alte rostfarbene granit lauschte dieser geschichte mit vollster zufriedenheit.
Höflich verabschiedete sich das gewandelte *Sein*, ebenso verzog sich der regenbogen mit einem "dankeschön."

Im stillen, für einen stein allerdings in nicht nennenswerter bescheidenheit, ein eingeständnis:
"letztlich ist es auch nur mein *Tee*, die pause und besinnung die ich ihm verdanke, also ein sehr geringer unterschied, der mich vom *Sein* und dessen irrungen zu trennen scheint."

Was sich noch anfügen lässt, als abschließende bemerkung, wäre festzuhalten, dass der geist, versucht er seine herkunft zu leugnen, und meinte er existiere außerhalb der dinge und der wirkkräfte, früher oder später in einer scheinwelt trübster spekulationen landen wird. Wie der chinesische philosoph Wang Chong sagte:

"Wer hat denn schon je erlebt, dass die schärfe eines messers übrigbliebe, nachdem das messer zerstört wurde?"

Wang Chong oder auch Qang Chung (27 – ca. 97)

zeit und stunde sind ungleich
gemalten blumen fehlt der duft
eines atemzugs fülle
kein gefäß wäre groß genug

verweise und erläuterungen

seite 5
Vorangestellte verse der künstlerin Mónica Lista.
Malerin, dichterin, ethnologische studien. Die verse sind einem ihrer vielen gedichtbände, bild- und textbände entnommen:
»Kniekehlenduft« (2014) Seite 21
ISBN 978-3-7375-0046-3

seite 33
Lao-tzu »Tao-Te-King« aus dem kapitel 47
Übersetzungen von Günther Debon und Sylvia Luetjohann

seite 36
»Sieh nach den Sternen! Gib acht auf die Gassen!«
Wilhelm Raabe in »Die Leute aus dem Walde« (1863)

seite 37
Alain Resnais, sein filmduo »Smoking« und »No Smoking«, (1993), basierend auf dem Bühnenstück von Alan Ayckbourn »Intimate Exchanges« (1982)

seite 38
»et le temps m'engloutit minute par minute ... bois comme une pure et divine liqueur ... le feu clair qui remplit les espaces limpides«
Charles Baudelaire; aus: »le gout du néant« und »élévation«

seite 55
Zitat eines ausspruchs von Ni Tsan (1301 – 1374), gemäß der schilderung von Maggie Keswick:
»Der chinesische Garten« S.118

seite 62
"Pilger Lu" auch Hui-neng (638 – 713) 6.patriarch
begründer des chinesischen "südlichen chan" (japanisch Zen)

seite 66
der anthropologe und ethnologe Bronislaw Malinowski
»Argonauten des westlichen Pazifik« 1964 – Syndikat/EVA
dem das thema des "Kula-Ringtausch" entnommen

seite 71
Ernst Jünger »An der Zeitmauer« (1959)

seite 74
José Ortega Y Gasset »Sozialisierung des Menschen« (1934)

seite 75
Eine dpa meldung vom 30.01.2019 06:59

seite 82 (unten) und seite 90
Saint-John-Perse »Winde« (1946)

seite 82 /83 und 126
Das Yijing piktogramm »Die Dauer«

seite 85
William von Ockham, zitiert nach Bertrand Russel:
"Am bekanntesten ist Occam durch seinen Ausspruch geworden, der sich nicht in seinen Werken findet, jedoch die Bezeichnung »Occams Rasiermesser« bekommen hat. Dieser Satz lautet: »Entitäten sollten nicht unnötig vervielfacht werden.« Wenn auch nicht dies, so sagte er doch etwas, was ungefähr auf dasselbe hinausläuft, nämlich: »Es ist unnütz, etwas mit mehr zu tun, was auch mit weniger getan werden kann.« aus »Philosophie des Abendlandes« (1945)

seite 89
Miguel de Cervantes »Don Qujote« 19. kapitel
Sancho Pansa: "Und sagt mir doch, gibt es einen Menschen, der sich rühmen kann, er habe in das Rad des Glücks einen Nagel zum Festhalten eingeschlagen?"
in der übersetzung von Ludwig Braunfels

seite 101
»Bienenfabel« von Bernard Mandeville (1705 / 1714)
übersetzung von Otto Bobertang (1914)
(es geht um das schwert der dame *Justitia*):
Yet, it was thought, the Sword she bore
Check'd but the Desp'rate and the Poor;
That, urg'd by meer Necessity,
Were ty'd up to the wretched Tree
For Crimes, which not deserv'd that Fate,
But to secure the Rich and Great.

Seite 112
Leopold Bloom, ein wanderer zwischen den welten, in James Joyces roman »Ulysses« (1922)

Seite 115
In der comic-serie »Kappie« des niederländischen zeichners und erzählers Marten Toonder (1912 - 2005)
Die fahrten des *sleepboot de Kraak, mit Kappie,* dem *Maat,* dem *Meester* und *ihrem* chinesischen koch *Ah Sing.*

Seite 115
»Nick der Weltraumfahrer«, als piccolo hefte (8 x 17 cm), von 1958 - 1960. Erfunden und gezeichnet von Hansrudi Wäscher.

Seite 119
Bertolt Brecht »Die Geschäfte des Herrn Julius Cäsar«

seite 119
Yang Zhu (ca. Anfang 4. Jahrh. v.u.Z) chinesischer philosoph »Kein haar für die welt«
"Darin ist auch die Warnung enthalten, man könnte bald gezwungen sein, sehr viel mehr für sehr viel weniger hergeben zu müssen." Wolfgang Bauer:
»Geschichte der chinesischen Philosophie» (2001)

seite 119 unten
Lao-tzu im »Tao-Tê-King« kapitel 63 *"Tun was ohne tun ..."*

seite 122 / 124
David Hume, der philosoph beklagte die neigung mancher seiner zeitgenossen, in ihren logischen argumentationen vorschnell aus dem *sein* ins *sollen* zu wechseln.
Dem geist von Hume folgend sind es heute fast nur noch die soziologen, ethnologen, und anthropologen, die in hinsicht eines heutzutage alles überwuchernden zeitgeistes identitärer unduldsamkeiten den menschen einen spiegel vorhalten.

der dschinn

aus dem hier und jetzt

Es mag fraglich sein, ob dieses werk dem anspruch der science-fiction gerecht werden kann, keineswegs nur mir in die schuhe zu schieben, aber noch weniger der *fantasy* anheim zu stellen, wurden doch im lauf des schreibens so manche fiktiven schilderungen, erwägungen und nachdenklichkeiten des autors, vom wandel alltäglicher lebenswelten, in nicht schritt zu haltendem tempo überholt.
Deshalb auch kein werk auf den höhen des zeitgeistes, doch aus gutem willen, alles in allem vielen autorenkollegen der gegenwart keine konkurrenz.
Und wenn fast unterschiedslos von robotern, androiden und cyborgs geschrieben wird, möchte ich si-fi affinen lesern dies bitte ihrer großzügigen nachsicht anheim stellen.

Persönlich begrüße ich die richtigstellung, dass wir dschinn weniger über ein dasein in flaschen, lampen oder *universal grindern* definierbar sind, sondern allgegenwärtig, unter allem was da lebt und webt im universum unser wesen treiben.
Mein anliegen ist kein philosophisches, das bleibt Argo und seinen freunden überlassen.
Wollte hiermit aber ausdrücklich für den autor partei ergriffen haben.
Mag es ihm, der sich als begeisterter leser der sci-fi gemeinde zugehörig fühlt, vielleicht doch gelungen sein, eine tragfähige brücke zu denkbar künftigen utopischen oder dystopischen zeiten zu bauen, unter welchen vorzeichen auch immer, *im hier und jetzt* liegt mehr als das verborgen.

Meinerseits die frage, bleibt der bruch mit der linearen zeit nicht eine umfassendere angelegenheit, weit hinaus über alle physikalisch und technisch bestimmbaren ereignishorizonte, letztlich nicht immer noch der wichtigste schlüssel für die pforten der wahrnehmung?

ISBN 978-3-7529-8553-5
www.epubli.de